夜行
よるあるく
横溝正史
高詹燦 譯

日本推理大師經典

夜行

橫溝正史

CONTENTS

出版緣起

日本推理大師，永不墜落的熠熠星團

編輯部

一九二三年，被譽為「日本推理之父」的江戶川亂步推出〈兩分銅幣〉之後，日本現代推理小說正式宣告成立。若包含亂步之前的黎明期，此一文類經過了將近百年的漫長演化，至今已發展出其獨步全球的特殊風格與特色，使日本成為最有實力的推理小說生產國之一，甚至在同類型漫畫、電影與電腦遊戲的推波助瀾之下，日本著名暢銷作家如桐野夏生、宮部美幸等也已躋進亞洲、歐美市場，在國際文壇上展露光芒，聲譽扶搖直上。

我們不禁要問，在新一代推理作家於日本本國以及臺灣甚或全球取得絕大成功的背後，有哪些強大力量的支持、經過哪些營養素的吸取與轉化，能夠在競爭激烈的國際舞臺上掙得一席之地？在這些作家之前，曾有哪些重要的作家精耕此一文類、獨領當時風騷，無論在形式的創新或銷售實績上都睥睨群雄、立下典範、影響至鉅？而他們的努力對此一文類長期發展的貢獻為何？此外，日本推理小說的體系是如何建立的？為何這番歷史傳承得以一代又一代地開發出一批批忠心耿耿的讀者，並因此吸引無數優秀的創作者傾注心血，人才輩出？

為嘗試回答這個問題，獨步文化在經過縝密的籌備和規畫之後，於二〇〇六年年初推出全新書系「日本推理大師經典」系列，以曾經開創流派、對於後輩作家擁有莫大影響力的作家為中心，由本格推理大師、名偵探金田一耕助及由利麟太郎的創作者橫溝正史，以及社會派創始者、日本文壇巨匠松本清張領軍，帶領讀者重新閱讀並認識在日本推理史上留下重要足跡的作家，如森村誠一、阿刀田高、逢坂剛等不同創作風格的重量級巨星。

日本推理百年歷史，從本格派到社會派，到新本格、新新本格的宣言及開創，眾星雲集，但跨越世代、擁有不朽魅力的巨匠們，永遠宛如夜空中璀璨耀眼的星團熠熠發亮，炫目不墜。

獨步文化編輯部期待能透過「日本推理大師經典」系列的出版，讓所有熱愛或即將親近日本推理小說的讀者，親炙大師風采，不僅對於日本推理小說的歷史淵源有全盤而深入的理解，更能從經典中讀出門道、讀出無窮無盡的趣味。

導讀／解謎推理小說大師・橫溝正史

傅博

八十多年來的日本推理文壇有三大高峰，就是日本推理小說之父江戶川亂步、本格派解謎大師橫溝正史和社會派大師松本清張。

這三位，各自確立自己的創作形式，影響了之後的推理小說的創作路線。

江戶川亂步於一九二三年，在《新青年》月刊發表〈兩分銅幣〉，獲得年輕讀者肯定，之後，陸續發表了具歐美推理小說水準之作品，爲日本推理小說奠定了基礎。

話須從江戶川亂步向《新青年》投稿前夕說起。

《新青年》創刊於一九二〇年一月，其創刊主旨是鼓吹鄉村青年到海外發展的啓蒙雜誌。編輯這類綜合雜誌的慣例，除了主要論文或相關報導之外，都刊載一些附錄性的消遣文章，《新青年》所選擇的是歐美之新興文學，就是推理小說。主編森下雨村是英文學者，熟悉歐美推理小說，對於每期刊載的作品，都附有詳細的作家介紹和作品欣賞的導讀，幫助讀者欣賞推理小說。

同時爲了鼓勵推理小說的創作，舉辦了四千字的推理小說徵文獎，同年四月即發表第一屆得獎作品，八重野潮路（本名西田政治）之〈蘋果皮〉。之後不定期發表得獎作品，橫溝正史的處女作〈恐怖的愚人節〉是翌年（二一年）四月的得獎作品。

《新青年》雖然提供了推理小說的創作園地，其水準與歐美作品相比較，還是有一段距離，對讀者發生不了影響力，須待四年後，江戶川亂步的登場。其原因不外是徵文字數太少。看穿了四千字是寫不成完整的推理小說之推理小說迷江戶川亂步，寫好〈兩分銅幣〉和〈兩張票〉兩短篇，直接寄給森下雨村，看完兩作品後，森下疑爲是歐美的翻案小說。

所謂的「翻案小說」，是指保留歐美文學作品原有的故事情節，而把時空背景移植到日本，登場人物改爲日本人之小說。明治維新（一八六八年）以後的大眾讀物，很多這類改寫小說。

森下雨村把這兩篇作品交給熟悉歐美推理小說的醫學博士小酒井不木判斷，徵求其意見，〈兩分銅幣〉終於獲得發表機會，三個月後〈兩張票〉也在《新青年》刊出。《新青年》由此積極培養作家，刊載創作推理小說。創作與翻譯作品並駕齊驅，成爲《新青年》的賣點，鼓吹青年雄飛海外的文章漸漸匿跡，名符其實，成爲推理小說的專門雜誌。

橫溝正史出道雖然比江戶川亂步早兩年，但是著力推理創作是一九二五年以後，而要確立解謎推理小說創作觀，須待到二十年後的一九四六年。

橫溝正史，一九〇二年五月二十四日，生於神戶市東川崎。小學六年級時閱讀了三津木春影之翻案推理小說《古城的祕密》後，被推理小說迷住。一九一五年考入神戶二中，結識西田德重，他也是推理小說迷，兩人時常一起逛舊書店，尋找歐美推理雜誌來閱讀。二〇年中學畢業後，在銀行上班。這年秋天西田德重死亡，而認識其哥哥西田政治，他就是上述

《新青年》懸賞小說的第一屆得獎者。橫溝正史受其影響，開始撰寫推理小說應徵《新青年》後效，翌年二一年三次得獎，四月處女作〈恐怖的愚人節〉獲得一等獎、八月〈深紅的祕密〉獲得三等獎、十二月〈一把小刀〉獲得二等獎。同年四月考入大阪藥學專門學校。

一九二四年三月藥專畢業後，在家裡幫忙父親所經營的藥店，業餘撰寫推理小說。翌年二五年四月與西田政治會見江戶川亂步，而加入推理作家所組織的親睦團體「探偵趣味之會」。之後積極地在《新青年》發表作品。十一月與江戶川亂步去名古屋拜訪小酒井不木。一九二六年六月出版處女短篇集《廣告娃娃》。同月因江戶川亂步的慫恿上京，到《新青年》編輯部上班，翌年五月接任主編。隔年轉任《文藝俱樂部》主編。

發行《新青年》的博文館是戰前兩大出版社之一，發行的雜誌很多，有綜合雜誌《太陽》、文藝雜誌《文藝俱樂部》、少年雜誌《譚海》等等。《新青年》創刊後，歐美推理小說獲得支持，博文館立即把《新文學》雜誌更名改版為《新趣味》（二二年一月），專門刊載歐美推理小說，並舉辦推理小說徵文。其壽命雖然不到兩年，於二三年十一月停刊，其精神卻於三一年九月創刊的《探偵小說》繼承，首任總編即是橫溝正史。

一九三二年七月辭職，成為專業作家。雜誌時期的作品不少，作品內容大多是具幽默氣氛的非解謎為主的推理短篇，和記述兇手犯案經緯為主題的通俗推理長篇。

一九三三年五月七日，因肺結核而喀血，七月起在富士見療養所療養三個月，翌年（三四）年春，身為《新青年》總編，也是推理作家的水谷準以友人代表的身分，勸橫溝正史停止執筆一年，以及易地療養，七月搬到信州上諏訪療養。

療養後，橫溝正史改變作品風格，充滿江戶時代的草雙紙趣味。江戶時代是指明治維新前，德川幕府所統治（一六〇三～一八六七年）的時代，「草雙紙」是江戶時代初期圖文並茂的大眾讀物之總稱，視其內容以封面顏色分爲赤本、黑本、青本、黃表紙四類和長篇之合卷。內容有諷刺、滑稽等輕鬆系列，和怪奇、幻想、耽美等異常系列。橫溝正史的草雙紙趣味是指後者。橫溝正史之戰前代表作，〈鬼火〉、〈倉庫內〉、〈蠟人〉等，都是具有草雙紙趣味的耽美主義作品。

一九三六年以後，橫溝正史的作品產量驚人。因第二次世界大戰，從三九年起，日本政府禁止舶來的推理小說之創作後，橫溝正史致力撰寫稱爲「捕物帳」的時代推理小說，和具有推理小說氣氛的現代小說，其產量仍然驚人。

一九四五年八月，第二次世界大戰終結，變成廢墟的日本，一切從頭出發。《新青年》雖然於二月廢刊，十月立即復刊，但是，因大戰中積極參與推動國策的博文館，被GHQ（聯合軍總司令部——統治敗戰國日本到一九五二年）解體，分成幾家小出版社。因此，《新青年》雖然三次更改出版社，卻挽不回往年榮光，五〇年七月從歷史舞台消失。

一九四六年新創刊的推理雜誌有五種，即三月之《LOCK》、四月之《寶石》和《Top》、七月之《Profile》、十一月之《探偵讀物》。翌年（四七年）即有七種新推理雜誌誕生，即一月之《黑貓》、《眞珠》和《探偵小說》、七月之《妖奇》、十月之《G men》和

《Windmill》、十一月之《Whodunit》。這些雜誌都是月刊，雖然當時因印刷紙張缺乏，不能定期發行，但是想像當時可看到這十三種推理雜誌排在一起，只要想像這樣的豪華場面，就可知戰後日本推理小說復興之快速。而領導戰後推理文壇的，就是《寶石》。其中堅作家就是江戶川亂步（精神領袖）和橫溝正史（創作路線）。

《寶石》創刊號就讓橫溝正史撰寫連載小說。橫溝正史交給編輯部的作品，就是《本陣殺人事件》。

本陣是江戶時代的高級人士，所住宿的驛站旅館，經營者都是當地的名門。明治維新後，本陣不一定繼續營業，但是其一族仍是該地的豪門。

殺人事件發生於一九三七年十一月二十五日，岡山縣某村本陣之一柳家。戶主是五十七歲的糸子夫人，她生育三男二女。這天是四十歲的長男賢藏舉辦婚禮之日，婚宴後，新郎和新娘進洞房，這時候下著雪，四點十五分從洞房傳出新娘久保克子的尖叫聲音。因洞房呈密室狀態，傭人破門而入，發現新郎新娘已被殺，這時候雪已停，凶器之日本刀插在庭院的雪地上，但是沒有任何腳印，構成雙重密室殺人事件。

正好，這時候在東京開業偵探事務所之金田一耕助，來到岡山拜訪恩人久保銀造。金田一由此有機會參與辦案，他勘查犯罪現場和庭院後，便很邏輯地解開密室之謎團，揭破事件眞相。是日本三大名探之一的金田一耕助誕生的一瞬間。另外兩位名探是江戶川亂步塑造的明智小五郎，和高木彬光筆下的神津恭介。他們都是職業偵探。

在本書，作者如下介紹金田一耕助。一九一三年於日本東北之岩手縣鄉村出生的金田一耕助，盛岡中學畢業後，抱著青雲大志上京，寄宿在神田，在某私立大學念書不到一年，對日本之大學教育失望，放棄學業去美國。到了美國之後，美國好像也不是他想像中的理想社會，他在餐廳打工洗碟子，過著無賴的生活。由於好奇心被毒品吸引，吸毒成癮的金田一，在偶然的機會下，解決了在舊金山發生的日僑殺人事件，引起當地日本人注意，成爲英雄。

久保銀造在岡山經營果樹園很成功。他想擴充事業而來美國，在某日僑聚會上，認識了金田一，他勸金田一戒毒，並資助他去大學念書。金田一耕助於三年後之一九三六年大學畢業，歸國拜訪久保銀造，久保資助金田一在東京日本橋開設偵探事務所。半年後在大阪解決了重大事件後，來到岡山度假，而碰到本陣的命案。

橫溝正史如此塑造了一名推理能力超人非凡，人格卻非完整的英雄，讓讀者有一種親近感。二次大戰中，金田一入伍，到中國、菲律賓、印尼等地打仗，一九四六年復員回國，戰後之金田一耕助探案待後續說。

橫溝正史發表《本陣殺人事件》第一回之後，同年四月，在《LOCK》開始連載《蝴蝶殺人事件》。命案也是發生於一九三七年，比本陣命案早一個月之十月二十日，地點是大都會大阪。馳名國際的歌劇家原櫻女士，在東京歌劇演出之後，前往大阪的途中失蹤，翌日其屍體被裝在低音大提琴的琴箱裡，送到大阪的演出會場。

本篇的架構比較複雜，作者設定新聞記者三津木俊助，爲某出版社撰寫推理小說。序曲寫他想把戰前在大阪發生的歌劇家殺人事件小說化，到東京郊外之國立（地名），拜訪解決此事件的名探由利麟太郎之允許的經過。第一章至第四章即以原櫻之經紀人土屋恭三的手記形式，記述事件發生前後時歌劇團員的行動，第五章至第二十章改由三津木俊助記述由利麟太郎的辦案經緯，終曲是三津木寫完原稿後再次拜訪由利，以兩人的對話方式，由由利直接說明推理經過。

由利麟太郎是橫溝正史創造的偵探，一九三六年五月發表的中篇〈妖魂〉（之後改爲〈石膏美人〉）首次登場。一九〇二年出生，曾任東京警視廳搜查課長，因廳內的政治鬥爭而辭職，一時去向不明，偶然的機會認識新聞記者三津木俊助後，重出江湖。警方無法破案的事件，由三津木收集資訊，由利根據所收集的資訊，以消去法逐一消除不適合犯案人物，最後理出兇手。包括由利未登場，三津木單獨破案之故事，「由利、三津木系列」的長短篇合計有三十三篇，故事內容大多屬於重視懸疑、驚悚的通俗作品。《眞珠郎》、《夜光蟲》、《假面劇場》等長篇是也。《蝴蝶殺人事件》則是「由利、三津木系列」的代表作。

橫溝正史除了塑造金田一耕助和由利麟太郎兩位名探之外，還塑造了八名偵探，但是他們不是現代的偵探，而是江戶時代的捕吏。凡是明治維新以前爲時代背景之推理小說，皆稱爲捕物小說或捕物帳，近幾年來又稱爲時代推理小說。

時代推理小說的寫作形式是日本唯有，其起源比江戶川亂步之〈兩分銅幣〉早六年。一九一七年岡本綺堂（劇作家、劇評家、小說家）所發表之《半七捕物帳》第一話〈阿文之魂魄〉爲其原點。作者執筆《半七捕物帳》的動機是，欲塑造日本版福爾摩斯——半七，同時想把故事背後之江戶（現在之東京）的人情、風物藉故事的進展留給後世。之後，很多作家模仿《半七捕物帳》形式，創作了多姿多采的捕物小說。按其內容，可分爲執重人情、風物的，與以謎團、推理取勝的兩系統。

橫溝正史所塑造的江戶捕吏中，最有名的是佐七（明治維新以前，平民只有名字，沒有姓）。佐七，一六二九年於江戶神田阿玉池出生。父親傳次也是捕吏，他有兩名助手，辰和豆大。他因皮膚很白而英俊，很像娃娃，周圍叫他爲「人形（娃娃之意）佐七」。人形佐七爲主角的捕物帳，大約有兩百篇（短篇爲多），合稱「人形佐七捕物帳」，屬於推理、解謎取勝的系列作品。

佐七之外，橫溝正史筆下的江戶捕吏，還有不知火甚左、鷺十郎、花吹雪左近、緋牡丹銀次、左一平、朝彥金太、紫甚左等。其中除了不知火甚左和人形佐七之外，都是一九三九年政府禁止撰寫推理小說之後所塑造的。

話說戰後，《本陣殺人事件》的成功，不但決定了今後之橫溝正史的解謎推理路線，並明確地爲戰後日本推理小說確立新路線，一直到一九五七年，松本清張之社會派推理小說登場前夕。這段期間，日本推理文學的主流是解謎推理，其領導者就是橫溝正史。

戰後的橫溝正史與以往不同，一直以金田一耕助之傳說作者自許，爲他寫了近八十篇的探案，其中四分之一以上是長篇。由此可窺見橫溝正史之旺盛的創作能力。橫溝正史的代表作集中於金田一耕助探案。

《獄門島》（一九四七年一月至四八年三月，在《寶石》連載，二九年五月出版單行本）。一九四六年初秋，金田一耕助從戰地回來，九月初就到東京都心之市谷，替戰亡的戰友解決戰前發生的無頭公案後，九月下旬來到瀨戶內海上的離島——獄門島。其目的也是在歸國的船上，受即將死亡的戰友鬼頭千萬太之託。千萬太是鬼頭本家之長男，他有三個妹妹——月代、雪枝、花子。

金田一耕助在往獄門島的渡船上，認識千光寺的了然和尚，得知鬼頭本家的先代死亡後，其家務事由了然和尚、荒木村長和中醫師村瀨幸庵三人合議處理。十月五日，舉行千萬太葬禮時，花子失蹤，晚間發現其屍體被吊在千光寺庭院的古梅樹上。其後，雪枝被殺，屍體藏在放在路旁的大吊鐘內，月代也被殺，屍體周圍布滿胡枝子的花瓣。

兇手爲何殺人後，需要這樣布置屍體，成爲連續殺人事件的謎團。金田一耕助發現是比擬俳句（日本獨自的定型詩）的殺人事件。那麼其動機是什麼？兇手是誰呢？

《獄門島》在各種推理小說傑作排行榜，都入圍前五名（排名第一的也不少）。筆者認爲是日本推理小說史上之最高傑作。不可不讀。

《惡魔前來吹笛》（一九五一年十一月至五三年十一月，在《寶石》連載後，一九五四年出版單行本）。一九四七年一月十五日，東京銀座的天銀堂珠寶行內，發生大量毒殺事件，死者達十人。三月一日「惡魔前來吹笛」的作曲者椿英輔失蹤，四月十四日發現其屍體，之後被認定爲自殺。幾天後，椿英輔的女兒美彌子，帶著英輔的遺書來拜訪金田一耕助。並告訴金田一，她認爲向警察當局告密說「天銀堂毒殺事件的兇手是椿英輔」的是住在椿公館中的某一人。不久命案便相繼發生……

橫溝作品的殺人動機，很多是血統、血緣問題。本書不但不例外，問題還很嚴重，很陰慘。雖然不是一部純粹的解謎推理小說，卻是一部値得閱讀的傑作。

「金田一耕助探案」除了上述三長篇之外，還有《夜行》、《八墓村》、《犬神家一族》、《女王蜂》、《三首塔》、《惡魔的手毬歌》、《假面舞踏會》、《醫院坡上吊之家》（按發表順序排行）等傑作。

日本解謎推理小說到了一九五〇年代初，即開始衰微，一九五七年，松本清張出版《點與線》和《眼之壁》，確立社會派後，既成作家漸漸失去創作園地，有的不得不停筆，橫溝正史也很少發表作品。到了一九七〇年代初，探偵小說（指一九五七年以前之推理小說）的重估運動，使橫溝正史的作品復活，重新獲得不勝計數的讀者。

橫溝正史於一九四八年，以《本陣殺人事件》獲得第一屆探偵俱樂部長篇獎（現在之日本推理作家協會獎）之外，一九七六年日本政府授與勳三等瑞寶章。一九八一年十二月二十八日逝世，享年八十歲。

二〇〇六年一月二十日

本文作者簡介：

傅博，文藝評論家。另有筆名島崎博、黃淮。一九三三年出生，台南市人。於早稻田大學研究所專攻金融經濟。在日二十五年以島崎博之名撰寫作家書誌、文化時評等。曾任推理雜誌《幻影城》總編輯。一九七九年底回台定居。主編《日本十大推理名著全集》、《日本推理名著大展》、《日本名探推理系列》以及日本文學選集（合計四十冊，希代出版）。

I

CHAPTER

第一章

妳不得夜行

駝背畫家

「總之，真的很傷腦筋。怎麼想都覺得不正常，簡直就是瘋了……其實那傢伙作風向來反覆無常，但這次的事，一定另有玄機，絕不是簡單一句性格善變就能說得通。我覺得太可怕了。話說，你別看我這樣，我好歹也是個正常人，是個有一般常識的普通人。雖然有時也會使壞，說些可怕的事嚇嚇人，但其實這麼做，只是出於一種僞裝自我的虛榮心，不想讓人看出我凡事謹愼小心的眞面目。愈是弱小的動物，諸如魚兒或昆蟲之類的，不是愈有可怕的外貌嗎？這是同樣的道理。我是說眞的……因此，就算我裝出凶神惡煞的模樣嚇人，但內心其實極爲安分老實。你不是也曾形容我是個好顯己惡的人，說得眞好，簡單來說，這是我的嗜好，而非本性。因此，看在旁人眼裡，不論是再怎麼離經叛道的行爲，其實我都懂得分寸拿捏。要是不小心快要逾越社會的道德規範時，我懂得剎車後退，這點才幹我還是有的。不過說到那個傢伙……就是那個女人，可就完全不是這麼回事了。那女人眼中根本沒有道德的存在。眞傷腦筋，教人拿她沒轍……喂，你倒是說句話啊。」

「要我說什麼？我根本聽不懂你在說些什麼。」

「聽不懂？怎麼可能。打從剛才起，我說了那麼一大串，你怎麼可能聽不懂。你不是平時都誇口說自己感覺敏銳嗎？」

我不禁哈哈大笑，接著點燃手上的捲菸，緩緩吐著煙霧，端詳著仙石直記酒後亂語的臉龐。我知道在這種情況下，我愈是一派神色自若，他心裡愈是焦急，但不知為何，此刻的仙石卻沒有平時那份焦躁。嗯，看來這傢伙真的相當沮喪呢。

「即使是感覺敏銳的人……我可不是在說我……總之，就算是感覺再敏銳的人，從毫無線索的胡言亂語中，又能歸納出什麼呢？世上可沒有傻瓜想要花心思從一個醉漢的胡言亂語中，歸納出他話中真正的含意。」

「我是醉漢？哈哈哈，好吧……我可能有點醉了，從剛才到現在，我的確喝了不少。」

直記將自己帶來的三得利威士忌一股腦倒進酒杯，嘩啦作響，一飲而盡。但他醉到雙手微顫，近半杯的酒都灑在桌上了，真是浪費。他帶了這瓶威士忌來，說是送我的禮物，但幾乎都他一人獨吞。總之，難得看他這般方寸大亂。

「不過，我說的你應該大致聽得懂吧，是不是？明白我到底在說什麼吧？」

「倒也不是完全不明白，你似乎是想談八千代的事吧？」

直記以迷濛的眼神注視著我，他眼中散發不尋常的駭人之色，不禁心底一寒。直記那布滿血絲，猶如鐵絲網般的雙眼泛著醉意，就像灑上一層雲母粉般炯亮。

然而，我感覺在這炯亮目光的背後，有股莫名的驚悚之氣，正熱騰騰地往外鑽露，這傢伙真的醉了嗎？我突然起了戒心。直記似乎也察覺出我的想法，急忙低頭垂眼，又開始倒起了威士忌。

「沒錯，就是那個女人。其實她最近要結婚了。」

「八千代今年芳齡多少？」

「二十三……不，應該二十四吧。」

「這樣也不算太早嘛，就算現在結婚也未嘗不可。不，應該說現在結婚正恰當。」

「沒錯，你說得對，可是那得看嫁什麼人啊。」

「你意思是，她嫁的對象不好嘍？」

直記面露陰沉地點了點頭。

「對方究竟是什麼樣的人呢？不，這種事，就算我問了也沒用。」

「你一定得聽我說完才行啊。我專程來找你就是爲了說這些，你願意聽聽吧？不管，就算你不願意，我也一定要告訴你才行。」

「你眞愛爲難我。仙石，你聽我說，我對八千代根本就一無所知。雖常聽你提到她，但未曾相見，之前你讓我看她的照片，我的確覺得她稱得上美人，但除此之外，我對她一無所悉。爲何現在非聽她的婚事不可？」

「那是因爲我信得過你。」

「哎，仙石，你眞的是這麼想嗎？」

「那還用說。寅兄，你聽我說。這事我早晚得找人商量，但別人我又信不過，除了你寅太以外。眞的，我很信任你的。這點你應該明白。不管我說了些什麼，沒我的許可，你絕不會向別人洩露，對吧？」

「能讓你如此信任，眞是我的榮幸。不過仙石，你接下來要講的事，是我絕口不能提的祕密嗎？」

「是的，這點我得先隆重聲明。」

「那我眞是擔待不起，你大可不必這麼信任我。而且，這麼沉重的事，我實在也不想聽。」

「哈哈哈，這可由不得你。就算你嘴上拒絕，但肯定克制不住心中的好奇。你就聽吧。況且，我之所以告訴你這件事，其實還有另一個原因，這事日後再談。寅兄，就聽我娓娓道來吧。」

仙石直記這個男人是個偏執狂，而且個性狂熱，一旦投入某件事，便勇往直前，做起事來特別霸道，絲毫不顧對方感受，一味照自己的意思做。而個性柔弱的我，總被他牽著走。儘管事後懊惱後悔，心有不甘，但下次又會被他操控。

眼下，我一樣擺明地面有難色，但直記這傢伙依舊視若無睹，同樣用老法子來逼我就範。

「對了，說到那男人……」

他話說到一半，突然改變話題道：

「不，先不談這個……你知道那起事件嗎？就是去年發生在『花』酒店，一名駝背畫家遭人襲擊之事。」

我爲之一驚，重新端詳直記。一來是他突然轉到另一個意想不到的話題上，二來是這起事件本身便相當離奇，儘管事發至今已有半年之久，但我仍對此案留有深刻的印象。

在此先大致介紹一下那件事吧。

「花」酒店，是戰後興起的眾多酒店之一，地點在銀座的小巷弄裡。像我這種三流小說家，當然沒有閒錢可在那種地方揮霍，所以對那方面的事所知不多。不過，聽仙石直記描述，那家酒店似乎相當豪華。

「酒店也有等級之分呢。有鬧區外生意不好的咖啡酒廊，也有根本沒有什麼人的店，反觀『花』酒店倒是經營得有聲有色，而且地點選得好。它位在尾張町旁的巷弄裡，雖是由燒毀的大樓一樓整修而成，但因爲是戰後不久便興建，才有今日這般規模。換作是現在，在建築法的束縛下，根本辦不到。不僅店內寬敞，裝潢也很講究。很難想像是戰敗後的產物。不過話說回來，也許就是因爲人們有這種心態，日本才會戰敗……哈哈哈，這種事已經不重要了。向人說大道理，或是悲憤塡膺，不是我的風格。總之，就算在東京，它的規模應該也稱得上數一數二。更重要的是，他們店內的樂團非常出色，連上臺表演的藝人也都是一流水準，但消費也高得嚇人。不過，這樣也無所謂。反正能出入那種場所的人，不是黑市商人，就是黑市掮客。不是你這種紳士出入的場所。」

但是，如此侃侃而談的直記，似乎常出入這種場所。

話說去年十月（事後我調出當時的報紙查閱，得知是十月三日發生的事），一名女子來到這間酒店。年約二十歲，是位相貌出眾的美女——此事眾人口徑一致。她的穿著自是不俗，在現今這種局勢，能穿戴這身行頭，想必是家財萬貫，令當時在酒店上班的小姐羨慕不已。

而問題就出在這裡，儘管女子吸引了在場眾人的目光，但案發後，卻沒人可以準確地指證她的服裝。有人說她穿黑色毛大衣，也有人說是一襲亮眼的粉紅外套。光外套就已是如此眾說紛紜，至於洋裝的樣式，當然更是沒個準。不，不只服裝，雖然眾人公認她是五官秀麗的美人，但對於她到底算是哪種美人，又是各說各話。

有人說她下巴寬大，算是個現代美人，也有人說她有張瓜子臉，是位古典美女。關於她的妝，有人說是濃妝豔抹，又有其他證人說是略施薄粉。簡言之，再也沒有任何事比人類觀察事物的眼光更不可靠的了，從此事再次得到應證，也因爲這樣，始終得不到能確定女子眞實身分的有力證詞。

這名女子當時有三名跟班隨行，案發後，警方對那三人展開嚴密的偵訊，但根據他們的證詞，整起案件顯得更加撲朔迷離。不過，這三名跟班都是年輕的學生，而且他們當時已醉得不輕，所以對女子的服裝和化妝既不感興趣，也沒空注意，這也是沒辦法的事。

這三人的證詞如下：

「我們本來在銀座巷弄裡的『鬱金香』酒吧喝酒。接著那名女子走進店裡……一開始她是自己獨飲，後來我們不約而同向她搭訕，邀她喝酒，就這樣一同喝了起來。是的，她酒量很好，大口大口地喝著威士忌。當我們已經微醺時，她主動要求想去更好玩的地方，於是我們就帶她到『花』酒店。是的，酒錢全是她付的。不，不只是我們一起喝的酒錢，連我們三人之前喝的，她也一併付了。她好像是有錢人呢。」

這時，偵訊警員追問提議到「花」酒店的是學生，還是那名女子。對此，那三名學生的證詞大致如下。

「是我們提議的。雖然是那個女人自己說想去更好玩的地方，但提議去『花』酒店的是我們。她似乎不知道『花』這家酒店。當時她問我們『花』是什麼，我們告訴她那是一家酒店。她知道舞廳，但從沒去過酒店，所以叫我們一定要帶她去開開眼界。我們完全沒想到，她一開始鎖定的目標就是『花』。」

就這樣，這四名男女於八點左右來到「花」酒店。女子在這之前已喝得酩酊大醉，而來到這裡之後，又接連幾杯黃湯下肚，所以發生那起事件時，她幾乎已快要醉倒在地。

然而，這時走進店裡的，是那位駝背畫家蜂屋小市。蜂屋小市也醉得不輕，但還不至於到忘了分寸的地步。這是當時與他同行的兩位朋友共同的證詞。而且，小市雖然駝背，但除此身體缺陷外，他的外貌並不會惹人反感。雖說是駝背，但小市稱得上是位美男子。而且穿著講究，常是一身白衣配上牛仔領帶。長褲總是熨出筆直的摺痕，皮鞋也都晶亮如鏡。看來蜂屋小市不只有錢，也很有品味。

不過，當女子看見蜂屋小市和兩名友人有說有笑地從酒店大門走進時，臉色倏然大變。這是事後那三名學生回想當時的情景所做的描述，總之，在目睹小市現身的那一剎那，女子似乎相當震驚。她就像瞬間酒醒般，雙目圓睜，朱唇發顫，接著霍然起身，以游泳般的姿勢，步履蹣跚地往小市走近，嘴裡叨念著「混帳東西，你可終於來了。」

說時遲那時快，女子的手提包發出火花，小市就像被人拔去全身骨頭般，癱倒在酒店的地板上。

古神家一族

說到這裡，我得先向諸位讀者聲明，接下來我要說的，是慘絕人寰的連續殺人事件。都這時候了才說這種事，也許會讓諸位讀者見笑，不過，這確實就像古代繪本故事般，是充滿詭譎惡夢，邪異又歹毒的殺人事件，甚至能從中感受到彷如血脈詛咒般的古老氣氛。

正因爲它是這般詭異的事件，所以它的由來也同樣既深遠又複雜。憎恨、貪慾、不倫、迷信，嫉妒，所有黑暗的要素緊緊交纏，原本勉強還能維持平衡，但最終仍舊壓抑不了，就此爆發，堪稱是悲慘絕倫的殺人事件。要探尋這起事件的開端，還得追溯那複雜又遙遠的過往，不過最直接的導火線，就是「花」酒店的那起駝背畫家襲擊事件。當時因爲發生得莫名其妙而喧騰一時的「花」酒店事件，其實可說是古神家殺人事件的開端。

「嗯，如果是那件事，我也知道。雖然我和蜂屋小市不是多熟的朋友，但也並非素不相識。事實上，那天晚上我才在銀座和他碰過面。事後回想，正好是他去『花』酒店前的事。」

「我之所以要告訴你這件事，這也是原因之一。關於蜂屋這人的個性，你應該也清楚才對。」

「不，這我可不敢說。關於他的事，我也不是很清楚。對了，開槍射殺蜂屋的女人，後來就這樣逃掉了嗎？」

「沒錯。從那之後便下落不明。完全消失無蹤。」

由於直記顯得意志消沉，我這才猛然想到一件事，重新端詳起他的臉色。

襲擊蜂屋小市的女子，事後立刻轉身逃離「花」酒店。由於事出突然，連蜂屋身旁的友人也是過了半晌才回神，發現出了大事，所以當場沒人能即時攔住女子，這也是情有可原。於是，案發後始終沒人能確定那名女子的眞實身分。

因爲那三名跟班是當晚才在鬱金香酒吧與她邂逅，酒酣耳熱之際，連她的芳名也忘了問。而鬱金香酒吧方面，因爲女子是第一次來的客人，所以他們也不清楚她是何許人。

「花」酒店裡的客人，也沒人見過那名女子。

而整起事件中最詭異的一點，就是連被槍擊的蜂屋小市也完全不認識那名女子。雖然那一槍射低了，只射穿蜂屋的大腿，沒有危及生命，但蜂屋也說他當時完全摸不著頭緒。

在此，我先就我個人所知，來介紹一下蜂屋小市這號人物。蜂屋小市是戰後開始爆紅的新進畫家，自稱新思潮派。根據他的主張，他認爲無論何等精巧細緻地描繪出對象的實體，都只能說是複製現實畫面罷了。小說也必須要有思想。沒有思想的小說，不過是娛樂小說；而沒有思想的畫，同樣只算是娛樂畫。若有人看了他的畫作，不懂當中的含意，那則是充分暴露出他們的思想有多空洞。

不過，也可以說是蜂屋這個人太心高氣傲了，實際上，連我看了他的畫，也不得不稱自己爲草包。他的繪畫手法算是早期的象徵派，雖然畫得很認眞，但到底想表達什麼，實在教人看得一頭霧水。例如描繪女人抱著骷髏，或是蛇纏繞在美少年身上，然後加上「人生苦」、「女人的神祕」這類煞有其事的標題，正是他的拿手絕活。這或許是他思想的展現，但眞要我說的話，我認爲那不過是通俗畫家賣弄小聰明的一種展現罷了。不過，世上似乎有許多人對無法理解的事物抱持著一種敬畏之心，蜂屋做生意的本事，在這層意涵下似乎發揮得淋漓盡致。

若以普通人的角度來看蜂屋，如前所述，他是個駝背，但除此之外，他的體形相當勻稱。我曾見過他和一群地痞流氓起爭執，因而得知蜂屋臂力過人，當時我並不驚訝，反倒覺得有點可怕。至於他的容貌也一樣，與其說普通，不如說他是位憂鬱王子，雖然沒有藝術家的纖細，卻充分顯現出盛氣凌人的剛強。就像是上帝的惡作劇，給了這樣的肉體如此秀麗的容貌，形成錯誤的組合，所以他成了一個出名的花花公子。如果他只是個一般的身障者，不可能會這麼有女人緣。但是就算他有如此俊秀的容貌，若非天生駝背的話，應該也不至於會變成這樣的花花公子吧。矛盾有時會形成一種魅力，雖是個美男子，卻有身體缺陷；儘管有殘缺，卻又臂力過人。女人這種動物，似乎很容易被這種特點吸引。

據說他的個性我行我素，而且還是個熱中於性虐待的好色之徒，但實情為何，我並不清楚。總之，蜂屋就是這樣的男人，所以一開始連警方也不太信任他說的話，認為女子和蜂屋可能有關係，是對他心懷怨恨，才會痛下殺手。警方一再逼問蜂屋，他始終堅稱不認識那名女子，兩人素未謀面。最後研判，可能是女方認錯人，或是因為酒醉而一時精神錯亂。整起事件也暫時平息。

「聽說他在醫院住了一個月左右，就完全康復了，但這和你說的事之間到底有何關聯？」

我如此詢問後，直記露出不懷好意的笑容。

「我要說的就是這件事。八千代的結婚對象，正是蜂屋小市。」

我驚訝地望著直記。

「這麼說來……朝蜂屋開槍的人，難道是……」

「沒錯。就是八千代。不過這個我也是最近才知道的。關於『花』酒店那起事件，當初我雖然從報紙上得知，但並未特別放在心上。因爲就算有一、兩個三流畫家遭人開槍或是殺害，都和我的人生沒有關係。但這次八千代說她要和蜂屋結婚，我才猛然想起此事，再經過一番追問後，果然不出我所料。當晚的那個女人，正是八千代。」

直記說到這裡，突然莫名其妙地朗聲大笑。我一時不懂他笑中的含意，所以怔怔地重新端詳他。心中感到不太舒服。

「怎麼了，有什麼好笑的？八千代從以前就認識蜂屋小市嗎？」

直記聞言，再度哈哈大笑。

「不，抱歉，不是那樣的，他們並不認識，也正因此才好笑啊。眞是蠢事一樁。不過，也正因爲蠢才可怕呀。寅兄，我之所以笑，不見得是因爲好笑，是因爲覺得可怕，可怕得寒毛直豎呢。八千代在那天晚上之前，根本連蜂屋的名字都沒聽過。別說見面了，她甚至不知道世上有個這麼一個怪人的存在。」

「那又爲什麼會……」

「寅兄，這就是我要跟你說的……一個關於因果報應的古老故事。或許該說是血脈的詛咒吧。寅兄，你也知道古神一族的事吧？」

「不，我並不熟悉，只是不時聽你提起過。我眞是有眼不識昔日領主大人的子孫，說起來還眞有點孤陋寡聞呢……」

「別說傻話了，你總知道古神家代代都有駝背的遺傳疾病吧。事實上，八千代的哥哥守衛，也是個駝子。」

我猛然一驚，再次正視直記。雖然我還不清楚直記這番話和八千代的襲擊事件有何關聯，不過，古神家族有不少人駝背的事，則是我打小便聽過的事。

我出生於岡山縣和鳥取縣交界處的山間村落的一戶農家，在舊幕府時代，這一帶的領主是古神家。奉祿一萬五百石（註），雖然不是多了不得的數目，但到了明治時代，他們躍升爲名門之列，甚至受封爲子爵。說到古神家……倒不如說是古神家領地的那一帶，聽說從以前就不少人是駝背，與其說是遺傳病，不如說是一種風土病。此地位處山中，至今仍窒礙難行。江戶時代對外交通肯定更加不便，所以少有海產類的食物輸入，碘的攝取不足，因而對骨骼發育造成了影響。

「這件事我也曾有耳聞。最近那一帶好像已經很少有人是駝背了，可是最重要的領主家，至今仍有人受駝背所苦，對吧？」

「沒錯，駝背的毛病依舊存在。而且是典型的症狀，和蜂屋的駝背類型很相似。」

「可是，這和八千代有什麼關係？」

「你先別急，我不是說了嗎，接下來我會細說從頭。你可不能笑喔。就算你說在現今這

註——一萬五百石：石是米的單位，一石爲一百升。此乃以年爲單位，表示一年可領一萬五百石的米。

個高喊民主的時代，怎麼還會有這種講因果報應的舊觀念，我也不會理你。你就當在這民主日本的某個角落，仍存在著像破舊的故事書一樣老掉牙的傳說，好好聽我娓娓道來吧。」

八千代的父親古神織部早在數年前便已亡故，她的哥哥守衛大她九歲，兩人同父異母，八千代是偏房所生。不過，守衛的生母過世得早，所以八千代的母親在生下八千代不久，便被扶為正室，她就是現在掌管古神家的遺孀柳夫人。

話說，八千代誕生時，織部子爵可說是既高興，又擔心。因為她同父異母的哥哥守衛，剛出生時也是一切正常，但到了七、八歲時，便開始出現駝背的徵兆，所以織部對八千代的未來憂心忡忡，於是找來一直以來很崇信的一位女占卜師，請她為八千代占卜未來，結果那位占卜婆婆說道：

「請您放心。這女孩絕不會駝背。她一定會健康長大，成為一位亭亭玉立的美人。只不過……」

她要是說到這裡就打住，一切就沒事了，可是這位老太婆卻多嘴加了一句。

「她的夫婿會是個駝子。很遺憾，一切都是神的旨意，非人力所能違抗。」

「那個死老太婆，如果她現在還活著，我一定把她活活擰死。」

直記那蒼白的臉龐露出駭人的笑意。

「她打從一開始就猜得到八千代不會變成駝子，只要看八千代的臉就能明白，因為她根本不是織部的孩子。」

我爲之一怔，注視著直記。

「那麼……八千代的生父又是誰？」

「是我老爸，哈哈哈，這有什麼關係。古神家向來都是近親結婚，導致每一代生下的都是笨蛋，所以我老爸才充當種馬，替他們改良品種。」直記這番毒辣之言，卻是用若無其事的態度表達，讓我心中的震撼更爲強烈。

我從以前就聽說直記的父親仙石鐵之進是個不簡單的人物，手腕高超。聽這位好顯己惡的直記所言，鐵之進與柳夫人的關係，老早便已逾越主僕的分際，織部死後，鐵之進更是儼然一副古神家主人之姿。

「可是……」

這時，我驀然想起直記以前說過的話。

「你以前好像說過，你爹想讓你和八千代結婚，不是嗎？」

「沒錯。」

「可是，這麼一來不就……」

直記神色自若地說道。

「寅兄，你聽我說，我老爸不是那種會明辨是非的人，他是金錢與權力的化身，爲了滿足自己的野心，他根本不顧自己的子女。所以我剛才也說了，在民主日本的某個角落，還是有這麼老掉牙的故事……」

兒。

我實在很難相信直記說的話。八千代也許不是織部的孩子，但她恐怕也不是鐵之進的女兒。

仙石一家的家世背景雖然是古神家的家老（註一），但代代都有傑出的人才，早在數代前，約是江戶末期，古神家領地內曾發生過農民叛變的事件，有四名農民代表跑到江戶向將軍家告御狀。當時嚴禁告御狀，所以那四人旋即被送交古神家，遭斬首處分，但我們的鄉里至今仍有供奉他們四人的神社，每年在他們忌日當天都會舉行隆重的祭典。

關於此事，有一段像說書般的歷史事蹟。古神家因為執政不當，理應遭到沒收領地或撤除身分的處分，但直記數代前的祖先，亦即當時的家老，一肩扛下一切，切腹謝罪，所以領主就此躲過一劫。當時身為古神家當家的領主，喜極而泣下令：

「對仙石家的後人，不可視為家臣，而是要尊奉為恩人。」

他的命令，從此代代傳世。

然而，同樣的事，在明治維新之際再度上演。說起古神家的主人，就像織部一樣，大多個性善良，但為人迷糊，明治維新時的主人也不例外，因此他面對如此巨大的變革，完全不知該如何因應。聽說當時全賴直記的曾祖父展現過人手腕，才得以俐落地度過難關。此人熟諳經濟學，不僅平安度過當時的動盪，更成功打下古神家在新時代的穩固基石。多虧他的領導，古神家雖然只是奉祿一萬五千石的小領主，但在貴族界卻是遠近馳名的資本家。之後在大正時代不景氣的衝擊下，許多貴族紛紛破產，但古神家依舊化險為夷，這也完全歸功於直記父親鐵之進的手腕，因此，儘管已邁入新時代，仙石家在古神家中的地位卻更顯重要。

「因爲已故的織部先生，也是典型的無謀生能力者，而且個性迷糊，他在世的時候，古神家早已是由我老爸在主事。這種事歷史上早就出現過了，禍起蕭牆啊。聽說德川家宣在間部詮房（註二）面前始終抬不起頭來，於是決定放任他和大奧（註三）的女人胡來，織部先生可能也是同樣的想法。也許他早就知道我老爸和柳夫人之間的關係，也可能知道八千代是我老爸的女兒。明知如此，但織部先生還是很開心，對八千代百般疼愛。」

但就算是這樣，八千代爲何會襲擊素未謀面的蜂屋小市，此事我還是想不透。直記那狠毒的話語仍繼續說個沒完。

註一——家老：領主底下的重臣。

註二——間部詮房：江戶時代的人物，爲德川家宣的心腹，據說與家宣的夫人月光院有染。

註三——大奧：幕府將軍的眾妻妾居住之所。

妳不得夜行

仙石直記繼續訴說那黑暗的因果報應故事，但在這之前，我先來說明一下他和我的關係。

直記的家世如前所述，原是古神家的家老，明治維新後，仍住在古神家的宅邸內，代代擔任管家或執事這類職務，但到了他父親鐵之進這一代，似乎已成爲古神家實質的掌權者。

直記身爲這號人物的兒子，自然一直過著優渥的生活，他從學生時代起，就以出手闊綽聞名。戰後有許多富豪因財產稅而破產，唯獨古神家屹立不搖。聽說是因爲他們在故鄉擁有一大片杉木和檜木的森林，家業反而比戰前來得更加興盛。所以最近直記那花錢的模樣，根本一點都不算什麼。即使很想說他揮金如土，但或許這就是主君與家老的差異，直記花錢的方式一點都不大方，雖然捨得花錢，但他還是很會精打細算。以他的個性，不會讓他成爲一個亂花錢的傻瓜。

我和直記在學校裡相識。我們就讀某私立大學的文科，我一開始就抱定志向，要當一名小說家，但直記並沒有特別的志向，應該說，他只想找個容易考的科系。所以畢業後，他沒做任何像樣的工作，整天就只是游手好閒，四處拈花惹草。

我的故鄉前面已提過，是古神家所轄的一寒村，代代都是貧農。但明治末期，我爹上東京謀生後，我與故鄉的緣份愈來愈薄，特別是爹娘在我學生時代相繼過世後，我就完全與故鄉斷絕了關係，再也不曾回過故鄉。

直記也和我一樣，他說自己不曾去過古神家的領地，但奇怪的是，當他知道我和他是同鄉時，便莫名地開始向我示好。在物質等多方面對我十分關照。我對直記這個人說不上什麼特別的好惡，但因爲我爹是個下級公務員，以我的家境來說，能上大學念書，就像是誤會一場，所以我的生活過得很清苦。正因爲過得苦，有直記的物質援助，實在很謝天謝地。

不過，如同我前面所說，直記的花錢方式，有其精打細算的一面。他花的每一分錢，一定會以某種形式回收，因此我從不爲此感動。不，別說感動了，如同他自己所形容，他是個傲慢、任性、陰晴不定、好顯己惡的傢伙，對我總是既謹愼又小氣，我常被他氣得一肚子火。

儘管如此，我們還沒到大吵一架，就此割席絕交的地步，因爲我這書賣不出去的小說家，還是需要贊助者。我努力忍氣呑聲，盡可能搖尾巴討好他。直記也不是傻瓜，他當然很清楚我的心思。明知如此，他還是繼續和我往來，因爲多年的交誼，有事找我幫忙最方便了。特別是他和女人之間的感情問題，由我來替他善後，再方便不過。因此，我和他之間根本沒有一絲友誼存在。我們完全不敬重彼此，特別是直記，他根本瞧不起我，證據就是我們已相識多年，他卻從未請我到他家作客。我們兩人都三十五歲，寅年出生，所以我叫屋代寅太。

這樣各位應該明白我們之間的關係了吧，接下來，我們繼續聽直記的故事。

「那麼，八千代爲何要襲擊駝背畫家蜂屋小市？」

直記幾乎一個人喝光一瓶的威士忌，蒼白的前額陰森地浮現兩條像蚯蚓般的血管，定睛注視著我，繼續說道：

「不，在談這件事之前，先來談談八千代的哥哥守衛吧。剛才我已提到，他是個駝子。雖是個駝子，卻不會讓人覺得醜陋。他是位美男子，而且擅長打扮，風度翩翩，外貌遠比想像中來得好。在這方面，和蜂屋很相似。年紀小我兩歲，今年三十三。但他有身障人士特有的彆扭個性，不僅脾氣古怪，也很陰險。不過這也難怪。我老爸原是他的家臣，但後來完全竊占了古神家。不僅我老爸，連我這個兒子也不把少主瞧在眼裡，在他面前趾高氣揚，也難怪他會心理不平衡。於是他總是一臉看破世俗的模樣，終日埋首書堆，但這傢伙心中另有盤算，一直暗中找機會，想對我們父子還以顏色，教人看了就討厭。沒想到這傢伙竟然會迷戀上八千代。」

我目瞪口呆地望著直記。故事的全貌逐漸浮現，且益發光怪陸離。

「可是，這也太亂來了吧……守衛和八千代不是兄妹嗎？」

「那當然只是騙外人的。如同我剛才所說，那只是對外的講法。守衛是前妻的孩子，而八千代則是柳夫人所生。而且八千代不是前任主人織部的種，這已是公開的祕密，人盡皆知。不論是從父親還是母親來看，兩人都無任何血緣關係，所以就算他愛上八千代，和她結爲夫婦，也未嘗不可。這是守衛的想法。而讓守衛產生這種情感的禍因，就是那名占卜婆婆的預言。照她的說法，八千代將會嫁給一位駝背者爲妻……也就是說，守衛認爲那個駝背者就是他自己。守衛對此深信不疑，所以才會這麼棘手。八千代之所以提出要和駝背畫家結婚的要求，似乎也是想讓守衛執拗的追求畫下句點。換言之，八千代想讓守衛了解占卜婆婆預言的那位駝背者，並不是他，而是蜂屋小市。」

仔細一想，八千代這女孩的出身，還眞是令人同情。

仙石直記的父親仙石鐵之進似乎打算讓直記和八千代結爲夫妻。而且根據直記的說法，八千代是仙石鐵之進的種。所幸直記沒這個意願，否則要是一不小心，可就釀成兄妹相姦的可怕悲劇了。

另一方面，哥哥守衛迷戀上八千代。守衛也許和她沒有血緣關係，但就戶籍來看，兩人的確是兄妹。當眞是前有狼，後有虎，不論結果是怎樣，都有和自己親兄長結婚的危險，也難怪她會自暴自棄。聽直記說，她似乎是個放蕩不羈的女人，想必當中有這樣的由來。

「原來如此。可是，八千代爲何要襲擊素未謀面的蜂屋小市，這點我還是不明白。」

「所以我接下來正要講這件事。」直記變得有點口齒不清。他到現在已經講了一大串話，似乎有點喘不過氣，但還是努力往下說。他雙眸熠熠並帶有詭異的狂熱，模樣愈來愈駭人。看來，這次他是眞的醉了。

「其實啊……」他像狗似地伸舌舔了一下嘴唇。

「那是去年夏天的事。八千代收到一封怪信。八千代這個放蕩不羈的女人，平時雖然不把家裡的人放在眼裡，對我卻是敬畏三分，加上那封信實在極爲詭異，所以她特地讓我看看，想和我商量，信上寫了『吾已返回，近日將前去與妳成婚』這樣的內容。發信郵局是在九州博多，但上面沒寫寄件者姓名。此事你怎麼看？」

「應該是有人惡作劇吧。」我馬上如此應道。

「沒錯。我們當時也是這麼想，直接把信撕了。如今回想，還眞是可惜。要是能把那封信留下，或許還能充當證據。之後過了一個月，又寄來同樣的信。這次的發信郵局是在京都，但內容有點不同。上面寫了『妳是否還記得那位預言者的預言？妳命中註定將爲吾妻』的字句，還是一樣沒有寫寄件人的名字。」

「嗯……」我不禁雙目圓睜，「這件事看來並不單純。你們怎麼處理那封信？」

「一樣撕碎後丟棄。」

「這……眞的太可惜了。」

「嗯，現在確實是這麼想，但當時只覺得生氣。而且八千代整個人變得歇斯底里，當場把信撕爛了。後來……」

「又收到信了嗎？」

「是啊。而且這次的發信郵局在東京。這次我們開始覺得陰森可怕了，所以把信留下來當證物，你看，就是這封信。」

直記從口袋中拿出一個四方形的西式信封，看上面的郵戳，確實隱約印有「東京」二字。但其他字因爲郵戳模糊，幾乎無法辨識，而且也沒寫寄件人姓名。

「可以看看裡頭的內容嗎？」

「嗯，拿去吧。」

從信封裡取出一張信紙和一張以薄紙包好的照片。信紙上的內容如下——

我已來到東京，近日將與妳相會。信中是我的照片，在我前往與妳相會前，請先代爲保管。

然後下一行，是一句詭異的文字——

妳不得夜行。

我急忙拆開薄紙，取出照片，才看一眼，便不禁倒抽一口氣。

照片中的人是個駝子，但模樣相當帥氣。他身穿一件黑色西服，外面罩著黑色披肩大衣，雙手交疊，拄著一根細長的枴杖。披肩大衣前方敞開，所以看得出裡面穿著白色襯衫搭牛仔領帶。我曾看過蜂屋小市有相似的裝扮，但無法確定此人是否就是他。因爲照片中頸部以上的部位被裁掉。

我吃驚地望著那張照片，一旁的直記開了口：

「如何？他是蜂屋吧？」

「我不確定，但蜂屋的確常常這身打扮，和他非常相似。」

「不過，守衛那傢伙也常做這樣的打扮。換言之，這張照片裡的人，也很像守衛。」

我大爲驚詫，暗自呑了口唾沫。屏氣凝息，朝直記凝望了半晌。有股莫名的陰森之感，在我背後盤旋不去。直記那布滿血絲的雙眸，微泛瘋狂之色。

「你的意思是，這件事是守衛所爲嘍？」

「我不知道，我不能妄自斷言。不過，如果是那傢伙的話，很可能會幹這種事。因爲他這人既陰險，又愛糾纏人，而且還很會裝模作樣。從信中的內容來看，此人應當頗爲熟悉古神家的內情。」

我再次重新端詳信上的文字。字體相當古怪，就像鉛字一樣，一字一字寫得相當工整。

「這是爲了掩飾筆跡而刻意這麼寫。之前那兩封信也是同樣的字體嗎？」

「嗯，都和它一樣。」

「對了，信中寫道『妳不得夜行』，這是什麼意思？」

「重點就在這裡。就是因爲這行字，我才猜測寫信的人相當熟悉古神家內情。八千代有夜行的毛病，也就是夢遊症。這件事除了古神家的人以外，絕對沒人知道。」

我又吞了口唾沫。說起來，所有道具都準備得太完備了吧。我甚至心想，該不會是直記存心戲弄我吧，但一看到他的臉，我心中的疑慮馬上消散。如果是說謊或開玩笑，絕不會流露出這等帶有瘋狂之色的眼神。

「也難怪你會懷疑。不過，我的話句句屬實，說到古神家，簡直跟鬼屋沒什麼兩樣。每個人都是怪物。當然了，我也算是他們的同類。」

直記以冰冷的聲音陰沉地笑著。

「對了，八千代在『花』酒店襲擊蜂屋小市的原因，你現在應該大致明白了吧。她在收到這封信的第三天晚上，湊巧遇見蜂屋，一心以爲寫那封信的人來找她了。於是才會不顧一切地朝他開槍。這是我最近才從她那裡聽說的事。」

聽他這麼形容，八千代那突如其來的舉動，似乎也不再那麼莫名其妙了。對八千代來說，駝子是可怕的夢魘。她心裡肯定想把這世上所有駝子全都撲殺個精光。特別是在收到那樣的信件後，又遇到一位模樣如此相像的駝子，也難怪她這樣的年輕女孩會如此不顧前後地痛下殺手。如果是個弱女子，應該會嚇得當場暈厥，但她卻反過來怒火勃發，潛藏的狠勁完全發作。說古怪，還眞是古怪極了，這件事從頭到尾都很光怪陸離。是在扭曲的世界裡才會發生的事。

「原來如此，這樣我明白八千代襲擊蜂屋的理由了，但她想和蜂屋結婚，又是怎麼回事呢？難道後來她和蜂屋變得熱絡了？」

「正是。事情發生後，她看了報紙，才知道蜂屋這號人物，發現似乎是自己認錯人了，同時又聽聞蜂屋的種種逸事，開始對他產生興趣。八千代就是這樣的女人。品味異於常人。聽說她大搖大擺地前往醫院探視蜂屋，還聲稱是蜂屋的畫迷。」

我聽得目瞪口呆。

「可是……這未免太危險了吧。要是被認出她就是開槍的人……」

「八千代那傢伙對這有絕對的自信。這也是我後來才知道的，八千代每次要像那樣放縱自己時，總會特別變裝。她說現在的化妝技術，不但可以畫眉、戴假睫毛、塗口紅，甚至是改變髮色，還能讓兩頰顯得豐腴或削瘦，像西洋人一樣顯得眼窩深邃，變化萬千，很適合用來變裝。她對這方面頗有研究，眞是個怪人，活像是女版的變身怪醫。」

「原來是這麼回事。可是像蜂屋這號人物，應該沒那麼好騙吧。搞不好他早察覺了，卻故意佯裝不知情。」

「嗯，這也有可能。因爲對他來說，當這樣的角色也不算吃虧。」

「你到底想要我做什麼？特地告訴我這件事，是對我有什麼期待？」

「你說到重點了，寅兄。」

直記突然趨身向前。

「其實蜂屋那傢伙一星期前就住進我家了。當然是出自八千代的邀約。不過，他本來就是個無恥之徒，視旁人爲無物，完全把八千代當成了情婦。連我看了都一肚子火了，也難怪守衛會那麼焦躁不安。就算不是這樣，這兩個駝子，一定看彼此不順眼，如今演變成兩男爭一女，眞是情勢凶險。這件事打從一開始就很不對勁，感覺似乎會有什麼事發生，連放蕩不羈的八千代最近也有點不安了。話雖如此，目前什麼事也沒發生，總不能跑去向警方報案吧。那時我剛好提到你的事，八千代聽了後很感興趣，叫我一定要帶你去見她。女人就是這麼笨，一說到偵探小說家，便以爲你們像故事裡的名偵探一樣，個個聰明絕頂。哈哈哈。」

直記發出損人的大笑聲，但不論我再怎麼受他嘲弄，也無話可說。雖然心有不甘，但我屋代寅太確實是個書賣不掉的可憐三流偵探小說家。

綠色館邸

古神家目前住在東京都北多摩郡的小金井。他們原本在市內的山手有一棟氣派的館邸，但後來在戰爭中慘遭祝融。不過，早在館邸被燒毀前，仙石鐵之進已經爲戰爭做好準備，在他的指揮下，所有家具用品全移往小金井，原本的大宅已形同空屋，所以儘管老家付諸一炬，但實際損失並不大。

小金井這邊的館邸，是在前代主人織部時便已興建的別墅，同樣蓋得富麗堂皇。占地足足有三千坪以上，館邸內還有一座大池。這一帶與井之頭和善福寺的水池相連，構成同一水脈的湧泉地帶，一天二十四小時都不斷湧出清泉，形成一座天然的水池。再巧妙融入圍繞在水池外的武藏野自然林，古神家的別墅就是如此一座神祕的夢幻仙境。

之所以用「神祕」來形容，是因爲古神家的建築技巧與眾不同，不但使用充滿古風的江戶建築工法，並與西洋近代建築工法巧妙結合，裡頭有和式房間，彷彿會走出身穿和式罩衫、頭頂椎茸髱（註二）的女侍，另一方面，它也有採現代設計樣式的歐式大廳，就算在這裡舉辦時髦的舞會，也不會讓人覺得格格不入。附近的人們都稱這座別墅爲綠色館邸，之所以有此稱號，是因爲這座建築的屋頂一律舖上綠色屋瓦，綠色的沉穩色調賦予整座建築一種沉重之感。

說了半天，其實之前我從未去過那座館邸，只是不時從仙石直記那兒聽聞一二。而我首度踏進那座綠色館邸，是在我聽直記說完那件事的隔天，亦即三月七日。由於當晚正好發生那起極盡殘忍的可怕犯罪案件，所以我就像飛蛾撲火般，捲入風波中。

直記當天雖然說他想馬上帶我去，但那天他喝了太多威士忌，爛醉如泥，只好留宿我的住處，那是雜司谷火災後唯一倖存的古寺中的一個房間。隔天他馬上帶我前往小金井的綠色館邸，第一次踏進那裡的印象，至今仍深植腦海。因爲從我一進到館邸內，便碰上了令人膽戰心驚之事。

綠色館邸位於武藏野這片原野中，爲綿延的土牆所包圍。土牆爲淡紫色的壁面，處在周遭的蓊鬱暗綠下，益發突顯出一股優美雅緻之感。

土牆有一扇大門，就像昔日大名（註二）的官邸般，顯得古色古香。但它似乎平時鮮少使用，附有金屬裝飾的大門緊閉，威儀十足。

「我們從前面那裡進去吧。」

從大門前通過，轉了個彎，前方旋即出現設有鐵欄杆的小門。走進門內，裡頭又是一道內牆，同樣有一道鐵門。而就在我們走進鐵門的瞬間，傳來了一陣怒吼和慘叫，彷彿早在等候我們的到來，爲這齣大慘劇拉開序幕。

「怎麼回事啊？」

在一進門的剎那，我們呆立原地。

那粗魯的咆哮，猶如猛獸的怒吼。當中還摻雜著女人的慘叫聲，以及另一個不知該如何形容的狠毒笑聲。

「那是……蜂屋。那傢伙在做什麼？」

註一──椎茸髷：江戶時代的女侍髮型。

註二──大名：即「大名主」簡稱，爲日本封建時期對大領主的稱呼。

直記猛然衝向前去，我也隨後跟上。繞過建築的轉角處，前方是一處開闊的庭園。這座庭園採古樸的日式造園法，再大量加上西洋風格，有一座三十坪大的水池。事後我才知道，這座水池不是前面提到的天然湧泉池，那座湧泉池還在宅邸更深處。

我們從建築的轉角處衝出時，只見三名男子正繞著水池周圍追逐。

跑在最前頭的正是蜂屋小市。他仍是老樣子，一身黑色西服，打著帥氣的牛仔領帶。然後弓著渾圓的後背，爬也似地在水池周圍跑著。他的身體雖有殘缺，但動作敏捷，不時轉頭往後看，拍著手，毒辣地朗聲嘲笑。

緊追在後的，是名年約六十的老人，看他這身裝扮，好似時代劇裡登場的人物。他的身材矮胖，頭髮花白，留著粗大上翹的八字鬍，我不太懂他穿的是什麼服裝，不過，腰間纏著一條粗大的白縐綢腰帶，衣服前胸完全敞開。而令人驚詫的是，他正高舉著一把亮晃晃的日本刀。我之所以聯想到時代劇，也許就是這把日本刀的緣故。那宛如野獸般的吼叫，就是從此人口中傳出，不過，他似乎身手不如嘴巴來得俐落，他腳踩碎步，步履蹣跚，跑得上氣不接下氣，而且不時踉蹌甚或跌倒。跑在前頭的蜂屋小市見狀，總會拍手嘲笑。

而跟在最後面的人，應該是這座館邸裡的僕人吧。年約四旬，穿了一件像園丁在穿的長罩衫。

「老爺，不可以啊。就算對方再怎麼無禮，您也不能就這麼斬了他呀。老爺，老爺！」

「哼，我要砍了他。一定要砍了他！無禮的傢伙……混帳！」

「哈哈哈，有辦法就來砍啊。來砍我啊。來啊來啊。喂，你這個大鬍子，色老頭，大狒狒。哈哈哈，瞧你這副德行。」

三人的叫聲交錯傳來。我驚詫害怕得腳底發冷，但直記倒是一派冷靜。

「喂，仙石，這是怎麼回事？」

「在發酒瘋。」

「發酒瘋？」

「我老爸每次一喝醉，就是這副德行。剛好蜂屋又去惹他吧。都年紀一大把了，還這麼丟人現眼。不過，不能放著他不管。讓他拿著那把斬人的人刀亂揮，太危險了，得藏在我老爸看不到的地方才行……」

我們快步走近，但就在這時——

蜂屋似乎有點得意忘形。他好像以為對方酒醉，沒瞧在眼裡，只見他往後仰身，拍著手百般嘲弄，卻被樹根絆了一下，突然往後仰倒。

這時，喝醉的鐵之進發揮驚人的敏捷速度，如蝗蟲般從庭園的鋪石上飛身而至，日本刀從仰倒在地的蜂屋正面疾揮而下。

「啊！」

我不禁呆立原地，閉上雙眼。想像那把畫出一道圓弧的白刃濺起了溫熱血花，一切彷彿眞實地出現在我眼前一般。

但是，下個瞬間，我聽見了一陣嘩啦水聲，蜂屋惡毒的笑聲，清楚傳入耳中。

我張開眼睛，只見蜂屋蹲在水池旁，望著水中，一面拍手，一面哈哈大笑。不過，他臉上卻是慘無血色。

水池表面波紋起伏蕩漾，緊接著，鐵之進老先生的腦袋驀然從波紋中心冒出。他那自豪的八字鬍垂頭喪氣地垂落，此刻顯得特別滑稽。

「哈哈哈，怎樣啊？大鬍子，色老頭，老狒狒。掉進加茂川（註）裡喝水喝個夠。這下你酒醒些了沒？」

「蜂屋！」直記發出厲聲喝斥。

蜂屋這才發現我們的存在。

他大吃一驚，轉頭望向我們，當他看到我時，詫異地蹙起眉頭。接著朝我們兩人臉上來回打量，像是想到什麼似的，露出狂妄的冷笑，往前方走去。弓著背，一跛一跛地離開。

自從經歷「花」酒店的事件後，他除了駝背外，還變得有些微跛。

「源造，快把我爹拉上來。」

「是！」

掉到水中後，這名老人變得垂頭喪氣。日本刀仍握在手中，但手指已力氣全無。他望著兒子，略顯羞愧地眨了眨眼。

「屋代，我們走吧！」

令我驚訝的是，直記見父親遇難，竟然不想出手幫忙，他就像吐出穢物般，朝水池裡吐了口唾沫，就此快步從池邊走過。這時候，連我也有點同情這名老人。

「喂，這樣你明白了吧。我之所以說這裡是鬼屋……是因爲有個發酒瘋的老爸、兩個駝子，還有一個會夢遊的女人。不，還有其他怪物。你看，那個人也算是一個。」

直記停下腳步，朝前方努了努下巴，我順著他指的方向望去，發現有名女子站在一座如畫般的日式宅邸外廊上，靜靜視著我們。

「是柳夫人嗎……」

「嗯。」

柳夫人是八千代的生母，理應年過四旬，看起來卻只有三十來歲。她留著寡婦的傳統髮形，身穿長下擺的白衣，外面披著紫色披肩。這身裝扮相當適合她，因爲她是位有張瓜子臉的日本古典美人。

我登時有種錯覺，彷彿時光倒轉一百多年，茫然佇立原地。

註—加茂川：忠臣藏的故事裡，有一段是將人丟進加茂川裡。

八千代與守衛

不知道柳夫人當時腦中在想些什麼。當我們轉頭回視時，她馬上移開目光，望向水池的方向。人在池邊的仙石鐵之進，在源造的幫忙下，搖搖晃晃地爬上岸。但柳夫人此刻所看的，並非是她愛人難堪的模樣，她顯然正用眼角餘光打探我們兩人。她那美麗的側臉，突然泛起神祕的微笑。隱約給人一種淫亂、好色的印象。

「喂，走吧。」直記突然粗魯地一把抓住我的手臂，不悅地低語，「那隻母狐狸……」

我以眼角偷瞄柳夫人的身影，繞過這座日式宅邸的轉角，突然傳來清楚的鋼琴聲。

仔細一想，打從我踏進這處庭園的那刻，便聽見鋼琴聲。特別是蜂屋被樹根絆倒，仰身倒地，而那把日本刀從他頭頂揮下的那一瞬間，鋼琴聲像爆炸般變得激昂，在宅邸內迴盪。此刻鋼琴聲已轉爲輕細的低語與嘆息。

我們從門廊走進後，一名女子側臉面向我們，正在彈琴，由於她的側臉與柳夫人極爲相似，令我爲之一驚。當然了，柳夫人是古典美，模樣就像歌舞伎中登場的寡婦。相反的，八千代則非常時髦，向上盤起的頭髮上插著一朵紅花。她的柳眉細長，從側面欣賞她，長長的睫毛令人驚豔。她的雙唇塗得鮮紅無比，禮服也同樣紅豔如火，看來對紅色情有獨鍾，連拖鞋也是紅的。

不過，這樣仍絲毫難掩她與柳夫人的相似程度。依我看，八千代的本質應該和柳夫人一樣，有一張傳統的日本臉孔，只是透過巧妙的化妝技巧，讓自己看起來有現代感。「花」酒店事件發生時，有的證人說她是個古典美女，有的證人則清楚地指稱她是現代美人，同時出現正反兩面的證詞，現在看來也是合理。八千代的臉，之所以不同的人看了有不同的看法，可能是因爲她施展了化妝魔術的緣故吧。

我們走進房間，發現另一名男子。此人背對著我們，倚在鋼琴旁，端詳著八千代的臉龐。男子似乎不時發出低語，八千代以陶醉的眼神回以微笑。連笑臉都和柳夫人如出一轍。從男子的背影來看，我滿心以爲他是蜂屋小市。他的體形與蜂屋相當，就連服裝也幾乎一樣。我不自主地對蜂屋感到嫉妒和憤怒。

直記眉頭緊蹙，以一種異樣的眼神注視這對男女所形成的人物畫。直記當時的眼神，至今仍歷歷在目，看得令我不禁背脊一陣寒顫。他當時到底在想些什麼？那灼熱的炯炯雙眼，蘊含了何種含意？那是他掠過心頭的疑惑，所展現出的表象嗎？

還是他心中的輕蔑與嘲笑？不，也許他和我一樣，胸中懷有一絲妒意。

然而……

直記突然察覺我的視線，急忙眨了眨眼，別過臉去。接著他取出香菸叼進嘴裡，拿起打火機，發出「噹」的聲響。那聲音打破那對男女的陶醉對望。

他們身子一震，轉頭望向我們。接著，我才發現自己判斷錯誤。

這名男子並非蜂屋小市。儘管他的體形和服裝都與蜂屋小市相似，但長相卻截然不同。他雖然也駝背，和蜂屋一樣是美男子，不過，兩人俊美的風格卻形成對比，蜂屋的相貌倨傲、強勢，相反的，這名男子則顯得儒弱、空虛，感覺得出他內心的脆弱。只要看他的眼神便可明白。就像一隻受虐的小狗，顯得惴惴不安。不過他那怯儒的表情下，卻又散發出異樣光采，一種像是瞬間殺氣般的光芒……不消說，此人一定是古神家的主人守衛。

「哎呀，你這個人眞討厭。什麼時候偷闖進來的？」

八千代起身站在鋼琴旁，轉頭望向我們，露出了掩飾尷尬的微笑。我這才得以正視她的臉孔，但之前她那與柳夫人相似的古典美形象，瞬間瓦解，現在我眼中的她，是個活潑、淘氣、卻又內心失衡的一個美麗小惡魔。我心想，所謂的草包美人，或許指的就是這種美女。

「嗯。」

直記冷冷應了一聲，緩緩將香菸湊向打火機。

守衛從鋼琴向對面的沙發走去，從他禁不住顫抖的背影看來，他此時內心十分憤怒。不論是從剛才他眼底發出的殺氣，還是此刻劇烈的顫抖，都能明白這位看似無能的男子其實個性很激動，相當可怕。

「小代，那到底是怎麼回事？」直記對守衛不屑一顧，而是瞪視著八千代，以審問的口吻說道。

「你是指哪件事？」八千代皺起鼻頭，微微側頭。不過，她的眼、嘴、還有身體，都隱含著笑意。

「還不就我老爸。我老爸和蜂屋的那副醜態，到底是怎麼回事？」

「哦，那個啊。」八千代呵呵輕笑，露出凝望遠方的眼神。

「是蜂屋先生不對。不過話說回來，他不了解叔叔的脾氣，所以這也難怪。蜂屋先生一時喝多了，緊纏著我娘不放。他只要一喝酒，就很纏人。這個老毛病又犯了。他就這樣當著叔叔的面，一會兒握我娘的手，一會兒和她臉碰臉……他當然不是眞有那個意思。只是想惹叔叔生氣。他這個人就愛看別人生氣。眞是個壞毛病。不過，我娘這個人也是有毛病，只要是年輕男子討她歡心，不管對方是誰，她都樂不可支，於是便當著叔叔的面和蜂屋有說有笑的，甚至成了他的玩具。叔叔一開始也覺得有趣，但後來蜂屋先生過於糾纏不休，才爆發這場糾紛。雙方都有錯。說起來還眞是無聊……」

「小代，妳親眼目睹當時的情景嗎？」

「是啊，我親眼目睹了。因爲覺得很蠢，所以我中途離席，到這裡來了。直記，蜂屋先生怎麼了嗎？」

聽她的口吻，就像在關心一隻被擰死的蒼蠅是否安好。

「他沒事，撿回一條命，不過，妳得好好說說他。我老爸是個很危險的人，最好別去招惹他。」

「嗯，我會跟他說。只是不知道他會不會聽。因爲他這個人一遇上這種事，就特別固執。對了，直記，你不介紹一下嗎？這位是屋代先生吧？」

「嗯，我如妳所願，把人帶來了。他就是那位三流小說家屋代寅太。屋代，這位是八千代。前面那位是她哥哥守衛。不用我說你應該也知道，只要看他的體形就知道了。」

直記接著補上一陣惡毒的笑聲。我早已習慣他這種說話方式，所以不以爲意，但守衛卻身子一震，全身抖了起來。一般人總是最忌諱被人指出自己身體上的缺點。直記明知這點，卻又故意去刺激對方。我不禁對守衛寄予同情。不過直記完全不顧他人的感受，接著說道：

「可是，怎麼會發生那種事？我知道我老爸會發酒瘋。而蜂屋招惹他，也很像蜂屋的作風。不過，我覺得奇怪的不是這件事。我老爸最近很少喝酒。就算喝酒，也懂得節制，很少在大白天喝酒。爲什麼今天……」

「哎呀，直記，你不知道嗎？」

「不知道什麼？」

「今天是我爹十三年的忌日，所以我娘才會打扮得那麼隆重啊。叔叔看了心裡很不是滋味。」

直記只是微微挑眉，並沒多說什麼。

「我娘認爲，她今天要好好緬懷一下我爹，算是爲平日贖罪。這卻讓叔叔覺得很難受。像他那種人，也會感到良心不安呢……懷疑我娘故意要挖苦他，於是鬧起彆扭，開始胡思亂想，後來自己覺得悶，才喝起了悶酒。又覺得自己一個人喝無聊，所以找蜂屋先生一起喝……結果惹出了那場風波。叔叔最近醋勁可眞大。」

八千代就像刻意嘲諷般地皺起鼻頭，朝房內中央的桌子旁坐下，從菸盒裡取出一根香菸。

「借個火。」

直記本想拿出打火機，八千代卻直接伸長手臂，從直記口中取走香菸，借用他菸頭上的火，再把他的菸往菸灰缸裡攏。

「老實說，我娘也有錯。她明知這樣會惹叔叔不高興，還故意打扮成那樣。甚至和蜂屋先生那麼親密……實在太怪了。你不覺得叔叔和我娘最近關係有點僵嗎？」

直記始終板著臉，不置可否。

「我娘雖然老說她還年輕，但其實也已上了年紀。也許已開始想到一些功德福報的問題。最近她總是悶悶不樂。我猜她一定是後悔自己和叔叔之間的事……而叔叔對此很不能接受。你認爲呢？會不會覺得叔叔最近顯得特別焦躁？」

「這種事根本無關緊要。八千代，我更在意的是那把刀。我老爸是從哪裡找出那把刀的？」

「那把刀？」

「小代，難道妳忘了？我老爸每次發酒瘋，就會拿著那把刀亂揮亂砍。因爲太過危險，前陣子我倆才把刀藏在找不到的地方，不是嗎？我老爸他什麼時候又找到了？」

「這表示，這間屋子裡有人打算取我性命。」

我們回身而望，發現是蜂屋小市從門廊走進。蜂屋剛才肯定是跑到某個地方整理門面去了。他已換過衣服，頭髮梳理得整齊伏貼，雖然駝背，卻是個膚色略黑的美男子。我一看到他的臉，馬上悄悄轉頭望向守衛。守衛就像被毛毛蟲碰到似的，眉頭一震，但他並未起身離去，就只是坐在沙發上，轉頭望向一旁。

「蜂屋先生，這話是什麼意思？你是古神家的客人啊。和我們又沒有什麼瓜葛，呵呵呵，怎麼會覺得有人想殺你？」

「沒錯，目前我確實和你們沒什麼瓜葛。不過，早晚會有密不可分的關係。小代，你說是吧？」

當蜂屋以親暱的口吻叫她「小代」時，我感到後頸起了一陣雞皮疙瘩，就像有毛毛蟲鑽入似的。一種難以形容的感覺。八千代則像默認似地皺起鼻頭，呼出一個煙圈。

「蜂屋先生，你爲何會這麼想？家裡怎麼會有人想殺你呢？」

蜂屋突然轉頭望向直記。

「因爲那把刀。」

「那把刀？」

「沒錯，就是那把刀。聽你們剛才說，你和小代兩人將那把刀藏在大叔找不到的地方。可是大叔發火時，四處在房裡找武器，最後他打開壁櫥的拉門……」

「打開壁櫥的拉門，然後呢？」

「那把刀就好端端地放在壁櫥裡，這點你們怎麼解釋？」

蜂屋臉泛冷笑，但雙眼綻放炯炯凶光，瞪視著在場的每個人，像要刺穿他們一般。

不開的窗戶

「眞是一場鬧劇。現在回想，還眞好笑。不過，這可不是鬧著玩的，要是大叔沒跌倒的話，當時已經迎面將我剖成兩半了。仙石，你說是吧？」

直記沉默不語，但表情陰沉。我想起當時驚悚的那一幕，也不禁頭皮發麻，縮起身子。

「我作夢也沒想到，大叔竟會凶性大發。早知道，我就不會纏著夫人不放了。畢竟我也不想丟了這條小命。對了，這裡的人應該都知道大叔會凶性大發的事才對。可是卻沒人出面阻止我。」

「有啊，可是即使出言阻止了，你也不聽勸，反而拗了起來，愈來愈得意忘形……」

「可是，我不知道他會發酒瘋啊。」

「沒錯，這件事我沒說。因爲我作夢也沒想到，刀子會出現在那邊，而且我也想讓你受點教訓，所以才沒提。」

「哈哈哈，那可眞是感謝妳啊。不過，重點是那把刀。那把刀爲何會在那裡？那是一把如假包換的眞刀。是誰把刀放在那種地方？」

「該不會是叔叔自己找到，偷偷藏在那裡……」

「不，不可能。我老爸也很擔心自己發酒瘋的毛病。拜託我們把刀藏起來的人，就是他。就算他發現刀子的藏匿處，也不會拿來擺在身邊。」

「說得對，還有……當時大叔的表情說明了一切。那個臭大叔，他突然拿起酒杯丟向我。然後站起身，口中直冒泡，像頭野獸似地在屋內四處遊走。不久，他打開壁櫥的拉門。發現了那把刀。他看到那把刀時，臉上的表情就像拾獲令人意外之物似的，雙眼圓睜，全身顫抖。大叔自己也完全沒料到那把刀會放在那種地方。」

「可是蜂屋……」現場沒人接話，於是我不自主地開口發言，「就算有人把刀放在那裡，他應該也無法料到會發生這種事。是你先纏著夫人，仙石的父親才會發酒瘋。沒人會事先料到這種局面。」

「呵呵呵，屋代最擅長的推理開始了。你這麼說是很合理沒錯。不過，今天確實發生這樣的事，而我差點淪爲刀下亡魂，光想就覺得全身寒毛直豎。我突然往後跌了一跤，一把刀就這麼破風而來，從我面前斬落……眞教人背脊發涼。現在合理不合理都好。得調查清楚，是誰把刀放在那個地方。」

「仙石，刀原本藏在哪裡？」

就在直記準備回答我的問題時，走廊的門開啓，一名奇怪的男子往內探頭。

此人年約四十到四十五歲之間。身材矮短，體格精壯，身穿日式短外罩加裙褲，穿著不俗。雖然頂著顆光頭，但相貌不差。儘管如此，總還是覺得有什麼缺點。首先是他的眼神陰暗，還有嘴巴總是沒闔緊，豐潤的臉龐像孩子般油亮，卻一直掛著無意義的笑容，他環視在場眾人時，口水都快滴落了。

「直記。」

男子以慢吞吞的撒嬌口吻叫喚直記。聲音聽起來，彷彿口中積滿了唾沫。直記面向一旁，沒搭理他，所以他改爲叫喚八千代。

「叔叔，怎麼啦，有什麼事嗎？」

「唔……小代，這、這是怎麼回事？」

一見他遞出的東西，我們不禁嚇得後退一步，是離鞘的白刃。冷如冰的寒光，教人冷得縮起身子。

「笨、笨蛋！」直記突然站起身，一把從男子手中搶下刀子，「有人會像你這樣拎著離鞘的刀子走來嗎？刀鞘呢？」

「刀鞘在這裡。」

男子將握在左手藏於身後的刀鞘緩緩遞出。直記一把搶下，還刀入鞘。

「這交由我保管。你出去吧。」

「眞的沒問題嗎？要是再犯剛才那樣的錯，那可就麻煩了。仙石是個好人，不過，一喝酒就全完了。那位仁兄被樹根絆倒時，我眞是嚇出一身冷汗呢。」

「好、好。這件事你就忘了吧。這把刀我會好好保管。」

「是嗎？直記，那就有勞你了。」

他笑咪咪地環視眾人一遍後，關上門，慢步離去。

「直記，那個人是誰？」

「是我叔叔。」八千代代替直記回答。

「妳叔叔？」

「是的，我父親的弟弟。」

「沒什麼啦，是前任當家同父異母的兄弟。前前任當家與女傭生下他之後，原本託別人養育，後來我老爸莫名興起俠義心腸，收留了他，任他在家裡吃閒飯。都這把年紀了，還沒娶老婆。」

「他好像有點……」

我話說到一半，旋即警覺地住口。因爲我意識到守衛和八千代也在場。不過，蜂屋小市對此毫無顧忌。

「何止有一點，根本就是個嚴重的智障。屋代，你不知道嗎？古神家的人，血統就像古池一樣污濁。沒有一個是正常人。不只是身體方面，連精神方面都有缺陷。」

守衛驀然站起身。我望向他的臉，嚇了一大跳。當懦弱、卑屈、膽小的男人忍耐達到極限時，便無法再忍受屈辱，此刻守衛的表情說明了一切。他的臉色發白，肌肉抽搐，充滿憎恨的眼瞳顯得無比黑暗，卻又閃動著異樣的炯熱光芒。他似乎想說什麼，但舌頭打結，說不出話來。下巴不住顫抖。

「你、你、你這傢、傢、傢伙。」

「怎樣？哈哈哈，你這樣子和剛才那個男人像極了。再過個五、六年，你就會變成他那樣。」

蜂屋坐在椅子上朗聲訕笑。守衛雙肩起伏，喘息不止，似乎想說些什麼，但不知如何接話的急躁，令他氣得直跺腳，接著他猛然伸長手臂，拿起鋼琴上的花瓶。

我踢開椅子站起，在此同時，花瓶從縮起脖子的蜂屋頭頂掠過，擊中門廊，砸了個粉碎。

「混帳！」

蜂屋怒容滿面，一腳踢開椅子，彈跳而起，但八千代早一步擋在兩人中間。

「快住手！這樣太蠢了。今天大家都很失常。難道是天氣的關係？別再吵了。哥，我們到那邊去吧。」

她執起守衛的手，走向走廊。

蜂屋氣得咬牙切齒。雙眼炯炯如火，瞪視著走廊的方向。驀地，他發現我正在看他，也許是覺得尷尬，一屁股坐了下來。

「哼，眞是無妄之災。剛才差點被剖成兩半，現在則是差點被花瓶砸破頭，喂，這就是古神家的待客之道嗎？」

「我去把刀放好。」直記也起身，快步離開房間。

接下來屋內就只剩我和蜂屋兩人。蜂屋忿忿不平地望著直記離去的背影，接著目光移向我身上，用刺探的眼神望著我，以逼問的口吻說道：

「喂，你來這裡做什麼？」

「沒做什麼。因爲直記邀請我來玩，所以就……」

「你和古神家很熟嗎？」

我搖了搖頭。

「不，我只認識直記。今天是初次到古神家拜訪，而且是第一次和他家人見面。」

「你和直記的關係是……？」

「學生時代的朋友。」

蜂屋露出不懷好意的冷笑。

「哦，這樣啊。你的小說都賣不出去，卻還能過相當奢侈的生活，大家都說你背後一定有金主，原來那位金主就是直記啊。換句話說，你是他的跟班，哈哈哈。」

我早已習慣這樣的侮辱，並沒因此發火。不，就算內心發火，也不會表現出來，我早已練就出這等本事。

蜂屋似乎也覺得無趣。

「不過話說回來，直記這個人還眞是不可小覷啊。之前他把一個奇怪的女人關在牢房裡，但兩、三天前把人帶走了。不知道會帶到哪兒去。」

「牢房……？」我驚訝地重新端詳蜂屋。

「是呀。宅邸深處的林子裡，有一棟奇怪的建築，是一幢小洋房。總是門窗緊閉。窗外還用『ㄇ字形』釘緊緊封死。起初我以爲是間空屋，但裡頭頻頻傳出女人的哭聲，嚇了我一大跳。雖然看不到臉，但聽起來是年輕女人的聲音。我覺得奇怪，向八千代詢問，結果……」

「八千代怎麼說？」

「她露出奇怪的笑容，說那是直記的情人，因爲發瘋，怕引來閒言閒語，所以才把她藏在那裡。」

我頓感胸中滿是疑惑。如果是直記的女人，我應該都知道才對。直記的女人一個換過一個，交往最長也不會超過半年。像這種時候，我的角色就是替他善後，所以他交往過的女人，我全都知道。但我從未聽說直記有個發瘋的情婦，更別說是將她藏在自己家中了，蜂屋所言還是我第一次聽見。搞不好是我當兵那年，直記勾搭上的女人。

「何必露出那麼奇怪的表情。哈哈哈，跟班先生，該不會是得知贊助者的祕密，想狠狠敲他一筆吧。糟糕，早知道就不該隨便告訴你的。」

「你說直記在兩、三天前把那名女子帶往別處，是嗎？」

「嗯，他叫來了一輛車，強行把她押走。好像是前天的事。」

「是什麼樣的女人？」

「因爲距離很遠，我只瞄到她的背影，所以不知道她的長相。反正我也沒興趣。」

我靜靜思索。直記爲何一直瞞著我這件事？就算是再歉疚的事，他也大多會告訴我，借助我的智慧和協助……不過，對蜂屋來說，那個女人不是重點。

「你不覺得這個家眞的很怪嗎？簡直就像一座鬼屋。不論是直記、直記他爹鐵之進、柳夫人、守衛，還是八千代，都不是簡單人物。還有剛才那個白臉男……」

「你說的白臉男是誰？」

「守衛的叔叔啊。他叫四方太。他呀……」

「說到鬼屋，你不也算身處其中嗎？」

「哈哈哈，也可以這麼說。」

「你爲什麼會到這個家裡來？」

「是八千代邀請我的。」

「你以前就認識八千代了嗎？」

蜂屋突然轉身面向我，以刺探的眼神望著我說：

「不，是最近才認識的。她說是我的畫迷。但經我仔細詢問後，發現我的畫她連一幅也不知道。不過，她很快便迷上了我，邀我到她家玩，所以我就大方地來了。」

「你之前就知道他們家裡有個叫守衛的人，和你長得很像嗎？」

「這我哪會知道。我來到這裡一看，也是嚇了一大跳。喂，屋代，你如果知道原因，就告訴我吧。她邀我來這裡，到底是爲了什麼？」

「這我怎麼可能知道呢。你不是說八千代迷上你嗎……」

「不，那只是很表面的原因。當中肯定有什麼更深的緣由。你是直記的老朋友，應該知道些什麼吧？如果知道就告訴我。我覺得很陰森。感覺背脊發涼，寒毛直豎呢。」

「既然這樣，你離開這裡不就得了。」

「要我就這樣把八千代留下，自己離開，我怎麼辦得到。我……我一定要將她據爲己有。可惡，那個臭丫頭。」

蜂屋突然以犀利的眼神注視著我說：

「我不該跟你說這些的。我不喜歡在別人面前示弱。自己的事，得靠自己解決。屋代，剛才我說的事，你就忘了吧。」

蜂屋起身，慢慢步出房門。後來我仔細回想，這似乎是蜂屋生前我最後一次見到他。

藏匿村正

這天晚餐時的氣氛，莫名尷尬。

古神家採洋派作風，一天四餐，在午餐與晚餐間還有下午茶餐點。因此，眞正的晚餐時間是九點左右。

當天晚上，到洋房的餐廳用餐的，有直記、守衛、八十代，還有我，一共四人。直記的父親、柳夫人，以及四方太等人，則是在日式建築裡用餐，蜂屋說他人不舒服，沒到餐廳來。

討人厭的蜂屋沒來，所以眾人都感到寬心不少，但相反的，卻又有種莫名的不安。不，與其說是不安，不如說是若有所失。用餐時，幾乎沒人說話，而飯後抽菸時，大家還是各自若有所思的神情，沉默不語。

這對我來說，實在很慶幸。因爲飯前喝了酒，現在醉意漸濃，有種無法形容的感覺，而且沒人說那些多餘的話，我可以盡情欣賞八千代的美。

事實上，那晚的八千代眞是美豔不可方物。她身穿一襲和白天時截然不同的黑色晚禮服，搭上珍珠項鍊，光是這樣簡單的飾品，便已成功襯托出她的美。幾乎和掛在她粉頸上的珍珠同樣顏色的肌膚，好似爬蟲類的腹部般雪白，散發出神祕的光芒。

我以迷濛的雙眼享受她的美，心中喜不自勝，但這時，八千代突然站起身。

「……」

「……」

直記與守衛頗感意外，紛紛抬頭望向她。八千代顯得焦躁不安，頻頻搓揉著手帕。

「我再也按捺不住了。我不想再繼續刺探彼此的心思了。沒錯，大家心裡在想些什麼，我很清楚。蜂屋先生沒來，大家心裡很高興，但另一方面，心裡又覺得害怕，對吧？沒錯。不知道他在打什麼主意。猜想他可能正在爲今日之事計畫復仇，因而心裡緊張不已。他能做出什麼事來呢？不過，既然大家這麼害怕，那我去看看好了。」

她說話的口吻，就像小孩在鬧脾氣，動作也很可愛，一面撩起晚禮服的下襬，一面跺腳。

「八千代！」

直記厲聲喚住她。但在這之前，八千代已轉身走進廚房，旋即端著托盤出來，上面擺了兩、三盤菜和一個裝滿水的杯子。接著她不發一語，快速穿過餐廳，順著餐廳前方的大樓梯往上走。

「仙石，這是怎麼回事？八千代爲何那麼激動？」我大爲驚詫，轉頭望向直記。剛才我一直暗中欣賞的倩影突然消失，此刻略感失望。

「沒什麼，她最近總是這樣，這也難怪。被一群像怪物般的人包圍，整天受他們的指指點點，任誰也會變得不太正常。」

直記以冷漠的聲音如此訕笑，接著從口袋裡取出磨指甲的道具，開始磨了起起來。駝背的守衛聞言，也猛然站起身，炯炯的雙眼朝直記瞪視了半晌，但他見直記毫無反應，於是暗哼一聲，嘴角輕揚地露出冷笑後，便再次坐向原本的座位，從口袋裡取出菸斗，點燃菸草。

「你說得好聽，自己不也是怪物之一嗎？」這應該是守衛心裡一直想說的話吧。

這時，二樓發出房門關上的聲音，他們兩人同時望向天花板，又旋即發現彼此的動作，急忙移開視線，沒人開口說話。

直記不斷磨著指甲。守衛在餐桌上單手托腮，口吐白煙。不過，在這若無其事的姿態下，兩人卻都全神貫注地注意二樓的動靜。二樓自從剛才發出關門聲後，便一直悄靜無聲。

當然了，如此寬敞的建築，二樓與一樓有一大段距離，所以一關上門，自然聽不見一般的說話聲或其他聲響。但這樣的寧靜，卻不斷撥亂兩人的內心，幾乎令他們喘不過氣來。直記磨指甲的動作愈來愈急，守衛吐煙的頻率也益發密集。

我在一旁目睹兩人的模樣，覺得很有趣。活該！……我很想如此嘲笑他們。但於此同時，我也覺得自己開始變得焦急，控制不住自己。不知何時，連我也開始豎耳細聽二樓的動靜。

兩分鐘、三分鐘、五分鐘……

三名男子的憎恨之火凝聚，感覺周遭的空氣濃度愈來愈高，令我呼吸困難，很想放聲大叫，但這時直記突然從椅子上站起。

「屋代，我有話跟你說。到我的房間去一下。」

守衛也從椅子上站起。

但直記連看也不看一眼，便邁步離開飯廳，抬腳跨向樓梯。

「屋代，你在磨蹭什麼。還不快來！」

他的口吻就像在叫喚家犬一般。連我也不禁為之躊躇，這時，守衛朝我們兩人打量，面帶冷笑地說道：

「屋代先生，你快去吧，要是再磨蹭下去，會惹主人生氣哦。」

當時我感覺受到前所未有的屈辱。如同我前面所提及，我早已習慣直記對我的跋扈。他時常將我當貓狗般使喚，我還能夠不以為意，但一想到連守衛這種殘缺不全的人都瞧不起我，我頓感全身熾熱，猶如火燒。我好歹也是有自尊的人。如果他不是個可憐的駝子，我早痛毆他一頓了。

守衛也許已察覺我的神色有異，微露畏怯之色，重新坐回椅子上。我斜眼瞪了他後，步出飯廳。直記臉色凝重地在樓梯下等我，一見我到來，他立即轉身，快步朝樓上走去。我當然是步履蹣跚地隨後跟上，但坦白說，我已醉得不輕，光是走上樓梯，便已氣喘吁吁。因此，當我大費力氣地爬上樓梯，卻突然撞到人時，差點踩空來個倒栽蔥了，頭下腳上地滾下樓梯。

「啊，對不起！」

對方也差點滾下樓梯，好在她倚身靠向牆壁，勉強保住身體平衡。原來是八千代。

我定睛一看，八千代的頭髮凌亂，臉色蒼白，呼吸急促。不僅如此，晚禮服從肩膀到胸前一帶整個裂開，酥胸外露。我大吃一驚，不自主地別過臉去。

「小代，妳怎麼了？這成何體統！」樓梯上方傳來直記的厲聲喝斥。

「不，沒什麼，蜂屋他喝醉了……」八千代只說了這麼一句，一面捲起晚禮服的肩帶，一面從我身旁奔過，跑下樓梯。當我們擦肩而過時，我猛然發現她露出於晚禮服外的香肩，明顯有一道像蚯蚓般的腫痕。

直記和我面面相覷，但直記隨即撇過頭，不發一語地邁步前行，所以我也默默跟在他身後。

蜂屋住在從樓梯口數來第三個房間。走過一看，燈光自緊閉的房門縫隙微微流洩而出，但裡頭悄靜無聲。

直記的房間位於走廊的轉角處，得先通過此處。我們走進房間後，直記謹慎地關上門。

「坐吧。」

「嗯。」

我們各自找地方坐下，開始點菸。接著沉默了好一會兒，望著白煙飄散的方向，我再也無法按捺，主動打破沉默。

「仙石，你到底想跟我說什麼？」

「嗯，其實……」

直記先是一副猶豫不決的模樣，然後才下定決心，將菸蒂插進菸灰缸，起身把手伸進床下。

「我要談的是這個。」

說著說著，他從床下取出他白天時從四方太手裡接下的那把日本刀。我不禁為之一怔，重新打量直記。他以僵硬的笑臉說道：

「屋代，這件事說出來，你可能會笑我。隨便你笑吧。因為我實在是感到非常害怕，擔心得不得了。其實我指的不是守衛或蜂屋。他們頂多算是被鐵鍊栓住的狗，圍在八千代身邊汪汪叫個不停。我真正害怕的不是他們，而是這把刀。雖然上面沒有刀銘（註），但聽說它是妖刀村正。」

我突然覺得很可笑，差點忍俊不禁。但是看到直記那張蒼白的臉，我立刻打住笑意。不，不只這樣，像直記這種受過高等教育的人，竟然會一本正經地搬出說書人那套村正怪談，有股教人難以形容的恐怖氣氛。

「我老爸之所以怕這把刀，也是這個緣故。他深知自己有發酒瘋的毛病。而且最近他和柳夫人的感情不睦，脾氣焦躁，發酒瘋的可能性更高。他很怕自己哪天發酒瘋時，用這把刀殺了哪個人。換句話說，連他自己也信不過自己。因此最近他極力克制，酒也都是淺嘗即止，但他似乎還是感到不安，甚至拜託我把刀藏在他看不到的地方。於是我遵照吩咐，把刀藏了起來。可是……不知爲何，這把刀今天竟然會出現在那個房間的壁櫥裡。」

的確，聽完他的說明後，確實覺得奇怪。據直記所言，仙石鐵之進這個人一旦發起酒瘋來，便會像口渴找水喝一樣，到處翻找村正。將那把刀放進壁櫥裡的人，肯定知道他這個習慣。換句話說，此人一定很期待能藉由這把村正來誘惑鐵之進，在古神家引發慘禍。

「嗯……那麼，你之前到底是把刀藏在什麼地方？」

「藏在神龕的抽屜裡面。」

「只有你知道這件事嗎？」

「不，八千代也知道。是我和八千代商量之後，才決定藏那裡。」

我們互望著彼此，就像在刺探彼此的心思般，接著我重重地清了清喉嚨。

「應該不可能是八千代……況且神龕的抽屜也不是多隱密的場所。可能有人碰巧打開後發現……」

註—刀銘：即刀的銘文，記載這把刀的名字、製作者或武士信念等內容。

「不，屋代，你聽我說。我也不認爲八千代會想拿出那把刀來。不過……如同我昨天說的，八千代有夢遊的毛病。搞不好她是在不自知的情況下，在夢裡取出那把刀……」

「可是……就算是這樣，也太奇怪了。說起來，夢算是壓抑在潛意識下的一種欲望展現。就算是夢遊時所做的舉動，也是平時被壓抑的想法。八千代沒道理這麼做啊……」

「不，她有可能這麼做。八千代怨恨我老爸。恨得想將他大卸八塊。不，不僅是對我老爸，連對她的生母柳夫人，她也懷有毒如蛇蠍的恨意，所以她可能是想讓我老爸拿著這把刀斬殺柳夫人。」

「停！停！別再做這種可怕的猜測。」我不禁感到全身寒毛盡豎，急忙打斷直記。接著我盡可能保持冷靜，補上以下這句話，「這時候做這種猜測，根本無濟於事。就算八千代眞有那麼做，但如果是在夢遊下所爲，她自己根本毫不知情，我們也沒理由再追究她。更重要的是亡羊補牢，別再發生同樣的事。」

「沒錯，其實我找你來，爲的就是這個。我想再次將這把刀藏在別人找不到的地方。此事務必需要你的幫忙。」

「需要我幫忙？」

「嗯。」

直記想了一會兒。

「不好意思，你可以到樓下的飯廳去看一下嗎？看守衛和八千代是不是還在那裡。」

我一時猜不出直記的用意，在原地磨蹭了一會兒，結果又挨他一聲喝斥。於是我馬上下樓，守衛和八千代似乎已各自回房去了，飯廳裡空無一人。我返回房間向直記報告，直記立刻拎著刀站起。

「好，那就趁現在。」

我們躡腳走下樓。

我們行經蜂屋房門前時，不經意地望向了房門，門縫仍舊透著燈光，但裡頭悄靜無聲。看來，蜂屋燈也沒關就睡著了。直記的書房就位在樓下飯廳隔壁，書房裡有個嵌在牆上的大金庫。

直記拿鑰匙開鎖，接著依序轉動三個文字轉盤。也就是說，這個金庫是由鑰匙與文字轉盤構成的雙重鎖。轉盤的文字符號相符，發出噹的一聲，金庫門開啓了。

直記把刀放進金庫後，立刻關門上鎖。接著他轉頭對我說：

「屋代，文字轉盤交給你處理。這個金庫採用三個假名字當密碼。什麼都好，你趕快想三個字，用轉盤設定密碼。」

語畢，直記教我文字轉盤的設定方式。這三個轉盤的外圈都刻有四十八個假名，能以此排成文字。

「這樣懂了吧？」

「懂了。可是……」

「你照我說的去做就對了。我看另一邊，不看你。」

直記離開金庫，走向窗戶旁。不得已，我只好將腦中想到的字，從右至左依序排列。設定好後，再將轉盤亂轉一通，不讓人看出我原先的設定。

「好了嗎？」

直記來到我身旁。

「嗯，好了。」

「很好，謝謝你。屋代，這下你明白了吧？這麼一來，光靠一人是無法打開金庫的。我雖擁有鑰匙，卻不知道密碼。你知道密碼，卻沒有鑰匙。所以只要我們兩人沒湊在一起，就無法打開金庫。屋代，剛才你設定的金庫密碼，絕不能告訴我，也不能寫在紙上。那三個字，你得牢牢記在腦中，明白了嗎？」

「我明白了，可是，你為何要這麼小心翼翼？就算不找我一起分擔責任，你自己一個人處理也可以吧。」

「不，這不是重點。因為這麼做，我才能放心。今後光靠我一個人，絕對無法打開這個金庫，所以不管這把刀發生什麼事，我都不必負責。」

仙石就像放下千斤重擔般，拭去額頭的汗水，但我完全不懂他爲何要如此大費周章。看來，直記也變得有點不太正常了。

2 CHAPTER 第二章

大慘劇

大慘劇

那天晚上，直記確實不太正常。證據是，之後他馬上返回自己位於二樓的房間，並要求我晚上一定得陪他睡。

「算我拜託你，聽我的話。就算你要笑我也沒關係，今晚我總覺得心神不寧。」

平日傲慢的直記，此刻變得很神經質，實在可笑，但正因爲這樣，連我也跟著害怕了起來。

「我睡哪裡是無所謂，只不過，這房間只有一張床，不是嗎？」

「那就這樣子吧……」直記將大沙發拉到門邊，「你就睡這邊吧。我這裡有多的毛毯。幸好今晚天氣相當暖和……」

我瞪大眼睛，驚訝地望著直記的舉動。古神家的門，全都是往室內推開的，因此只要將沙發緊貼房門擋著，絕對無法從外面開門進來。

「仙石，你怎麼了？你覺得有人會從外面闖進來嗎？」

「不……不是的。因爲要躺著聊天的話，沙發擺在那裡最適合了。」

我猜不出直記心裡眞正的想法，但既然他都這麼做了，我也只能乖乖配合。他怎麼吩咐，我就怎麼做。我脫去外衣，以直記給我的毛毯包覆全身，躺在沙發上。直記換上睡衣後躺上床，儘管他說這樣最適合躺著聊天，但他卻幾乎一句話也沒說。只是一味地吞雲吐霧。

「喂，該睡了吧？」

「嗯，現在幾點了？」

「快十一點了。」

我手表顯示再十分鐘十一點。

「是嗎？那就關燈吧。」

開關設在我頭頂的牆壁上。關掉開關後，房內登時一片漆黑。黑暗中傳來直記輾轉反側的聲音。

儘管嘴巴上說要睡了，但我卻遲遲難以入眠。一閉上眼，就清楚浮現蜂屋在池邊奔逃的身影、他跌倒時，白刃從他面前劃下的閃光、柳夫人那豔麗的倩影、蜂屋與守衛的對峙，而最後深深烙印在我眼中揮之不去的，是剛才在樓梯上撞見八千代時，她那衣衫凌亂的模樣。堅挺的酥胸，還有那蚯蚓般鮮明的腫痕……我壓抑不了熱血在全身亂竄。

當時蜂屋與八千代之間到底發生什麼事？當然，我知道蜂屋那傢伙使用了暴力，想對八千代暴王硬上弓。可是，八千代對此又是如何反應呢？蜂屋那傢伙……該不會在那麼短的時間內已經得逞了吧……可惡，那個混帳！

「屋代，你睡不著嗎？」人在床上的直記，以恍惚的口吻喚道。

「沒，快睡著了。」

直記趁這個機會，似乎想說些什麼，但我嫌麻煩，翻個身面向房門。直記也沒再多說。我是眞的想睡了，所以努力不再胡思亂想。而就在我成功屏除雜念，開始昏昏入睡時——

突然床鋪嘎吱作響，我感覺到直記彈跳而起。同一時間，我也從沙發上坐起身。

「屋代，你沒睡著？」

「嗯，有人走上二樓。」

靜靜豎耳細聽，的確可以聽見輕微的拖鞋聲，正在爬樓梯。此刻睡在二樓的，除了我們兩人之外，應該只有蜂屋，不過，可以確定不是蜂屋的腳步聲，那是女人輕柔的腳步聲。而且對方走路的方式，似乎很不想被人發現。那腳步聲走上樓後，在蜂屋的房門一帶停住。該不會是八千代吧……一想到這點，我突然感到有股難以形容的怒火湧上心頭。

「喂，去看看吧。」

直記以沙啞的聲音低語。我當然沒有異議。於是我悄悄將沙發移開，打開房門，走向走廊，來到轉角處一看，發現有名女子站在蜂屋房門前。

「是誰？」直記出聲叫喚。

「啊，是少爺。」女子似乎嚇了一跳，如此應道，反手把門關上。此女名叫阿藤，負責洋房這邊的大小事，是位頗具姿色的女傭。

「原來是阿藤啊……」直記以洩氣的聲音說道。

「這麼晚了，妳在這裡做什麼？」

「是，剛才這位客人打電話來，吩咐我端水過來給他……」

古神家的每個房間都能打電話到女傭房間。

「哦，所以妳就端水過來，是嗎？蜂屋他怎麼了？」

「蜂屋先生好像不是很清醒，所以我連同托盤一起放在他枕邊的桌上。」

「這樣啊。那妳快點回去睡覺吧。妳一個年輕女孩，不該隨便在這種地方走動。」

「是，那我告辭了……」

阿藤快步走下樓梯，我們目送她離去，回到房間後，已全無睡意。打開電燈看了一下手表，都已經十二點十分了。

我們關掉電燈，想重新入睡，但這次卻始終無法闔上眼睛。直記似乎也一樣，在床上翻來覆去。不過，我努力想讓自己睡著，整整熬了一個多小時，但愈是焦急，頭腦愈是清醒，突然很想抽菸，於是我不再堅持，從沙發上坐起身。

「屋代，你也睡不著嗎？」

「嗯，想抽根菸。現在幾點了？」

「我看看。」直記點燃打火機，望向枕邊的時鐘，「正好一點。」

「要不要起來讓腦袋冷靜一下？我們都太亢奮了，這樣下去，怎樣也睡不著。」

「嗯，也好。」

直記下床打開窗戶。窗外是美麗的月夜。我這才發現今天是月圓之日。我們拉椅子坐向窗邊，各自抽著菸，不發一語。

這扇窗面朝宅邸的後方，往前望去，是一片環繞著湧泉池的森林。隔著樹叢，隱約可以看見位在森林那方的一間小洋房。我猛然想起白天時蜂屋提到的那件事，於是我微微趨身向前，就在這時，我不自主地發出一聲低呼。

「你、你怎麼了？」

「有人在那裡走著！」

「什麼？」

直記也驚訝地探出身子，但我看到的人影，已被樹叢阻擋，消失了身影。

「根本沒人啊。」

「等等。也許還會再出現。啊，你看，走到那邊來了。」

一度隱身在樹叢間的人影，馬上又出現在月光下。接著像漫步在雲端上般，踩著輕飄飄的步履，往我們的方向走來。當人影來到窗戶的斜前方時，我不禁倒抽一口氣。

「是八千代！」

「嗯，她的老毛病又犯了。夢遊……」

直記就像嗓子壞了一樣，聲音無比沙啞。他握緊我的手，感覺得到他的手掌滿是冷汗，不住顫抖。

八千代仍是踩著輕飄飄的步履，宛如走在雲端上。她身穿一襲白衣，可能是睡衣，長髮披肩。她微微朝前抬起下巴，銀色月光灑落在她身上。

「八千代剛才是去哪裡？她好像是從前方的洋房走出來的……」

這時，直記猛然啪的一聲，使勁關上窗戶。

「屋代，該睡了。」

雖然身處黑暗中，但還是能清楚感覺出直記此刻的不悅。

「反正她有夢遊症，哪猜得出她會去哪裡。不過屋代，今晚發生的事，你絕不能告訴任何人，因爲八千代她也很可憐。」

直記鑽進被窩裡，就此不再說話。過了不久，連我也沉沉入睡。不過睡得很不安穩，宛如夢中一直在枯黃的原野上四處奔波。

翌晨醒來時，已過十點。直記似乎比我早起，他把椅子拉到敞開的窗邊，抽起了菸。

「喔，你已經醒啦。」

「嗯，你睡得可眞好。我本想到外頭走走，但又覺得吵醒你的話，你也很可憐，所以就一直等你起床。你也該起來了吧。」

我如果不起床，直記根本無法離開房間。

我走下樓，沖了個澡，頓感神清氣爽。來到飯廳一看，已經十一點。當然了，除了我和直記外，沒人在場。

「小代她怎麼了？」直記詢問一旁侍候的阿藤。

「小姐說她人不太舒服，從早上到現在都還沒離開房間。」

「那守衛和蜂屋呢？」

「我也覺得很奇怪。今天早上一直都沒看到他們人。」

阿藤不解地皺起眉頭。

「一直沒看到他們人？他們不是應該在房間裡睡覺嗎？」

「不，不是的。少爺和蜂屋先生都沒在房間裡。」

阿藤正準備接著說時，突然從庭園那方傳來一聲非比尋常的尖叫。我們大吃一驚，奔向窗邊，發現慘叫的人是四方太。看他的模樣，就像被妖怪追趕似的，連滾帶爬地橫越庭園而去。

「大叔，你怎麼了？」

在直記的叫喚下，四方太轉頭望向我們，似乎有話想說，但下巴打顫，說不出話來。只見他頻頻發抖，指著庭園深處。

我們急忙從飯廳奔向庭園。四方太指向樹林後方的洋房。直記發現後，略顯躊躇，但旋即下定決心，向前奔去。我當然是緊跟在他身後。

來到現場一看，果然如同昨天蜂屋所言，那棟洋房的窗戶，全都從外面釘上遮板。我們來到洋房入口處，不禁呆立原地，毛骨悚然。

從敞開的洋房入口到玄關處，地上印滿了鮮紅的腳印。似乎是拖鞋的痕跡，全都是往外的腳印。

「總之，先進去看看再說。」

走進裡頭一看，走廊上也印有散亂的腳印。順著腳印走，發現走廊右側有間小寢室。寢室內有張床，而床上的毛毯底下，露出一雙男人的腳，上頭還穿著鞋子，床下滿是血漬。而且房內到處都是鮮紅的拖鞋腳印，看起來像是有人踐踏過床下的血漬。

直記和我宛如被急速冷凍般，呆立原地，接著直記才惴惴不安地朝床邊走近。

他伸手搭向那沾滿黏稠鮮血的毛毯一角，慢慢掀開它，這時，我因爲那難以言喻的驚恐，心窩處陡然一沉，幾乎要張口狂嘔。

在床上躺成大字形的人，是個駝子。不過，一時之間無法判斷是蜂屋還是守衛。因爲，那具屍體沒有頭。

牆上的文字

各位一定曾在報章雜誌上看過無頭屍的報導。但親眼目睹無頭屍畫面之駭人，各位一定無法想像。說到無頭屍有多可怕駭人，有多噁心，如果以文字來表現，恐怕讀者連眞實的百分之一、千分之一，甚至是萬分之一都感受不到。

當時我沒昏過去，已經很了不起了。看來，人類的神經雖然脆弱，但可能比想像中來得強韌。不過，這得視當時的條件而論。兩個人一起喝酒，其中一個人先醉倒時，另一個人就算喝得再多，也不能醉，當時就像這種情形。因爲直記早我一步昏倒了，所以我當然沒那個資格跟著昏厥。

「仙石，你振作一點。要是連你也倒下，就完蛋了。」我朝直記背後使勁一拍。幾乎昏厥的直記，便清醒了過來。

「啊，謝謝你。這下糟了，事情很嚴重。怎麼辦，怎麼辦，屋代，我該怎麼辦才好？」

仙石這個人好顯己惡，平時又常使壞，喜歡看人傷心難過，但其實是個膽小鬼。

「還能怎麼辦，得先報警才行……」

「報警？報警？報警？別開玩笑了，絕對不能報警。不能找警察來。要是這麼做，家醜不就外揚了嗎！屋代，你在開玩笑吧？這種事不必報警吧？」

「你在說什麼傻話，這可是殺人案，而且這不是普通的案件。兇手把人頭帶走了，可以隱瞞案情嗎？」

「兇手把人頭帶走？屋代，兇手爲什麼要把人頭拿走？」

「我現在也正在想這個問題，不過，通常兇手拿走人頭，是爲了讓人無法判斷被害者是誰。所以……」

「可是屋代，在這種情況下，這麼做沒意義啊。就算少了人頭，這具屍體……蜂屋身體的特徵比臉還要明顯啊。」直記以冷漠的聲音說道。

「可是仙石，這眞的是蜂屋嗎？」

「咦？什麼？你這話什麼意思？你看過他的身體後，應該不會說這種話才對啊。」

「可是你們家中也有一個人和他有同樣的體形。」

直記驚詫地從地上躍起。

「你、你說什麼！你的意思，這個人是守衛？這、這怎麼可能！我老爸沒道理殺害守衛啊！」

這次換我跳了起來。我錯愕地望著直記，直記以驚訝的表情回瞪我，就像要彈開我的視線般。我清了清卡在喉中的痰。

「仙石，話可不能亂說。好在對象是我，你這樣說不打緊……可是，你爲什麼認爲這件事是你爹幹的？」

仙石似乎感到刺眼，避開了我的視線，開始在房內踱步。

「沒錯，你說得對。還不見得是我老爸幹的。我這是怎麼了。因爲昨晚沒睡，神經有點不太正常。不過，如果不是我老爸，又會是誰……把對方的頭砍下，這可不是普通人做得出來的事。」

「如果是你爹，就做得出來嗎？」

直記又是身子一震，轉頭望向我，但接著又以焦躁的口吻道：

「屋代，你自己想想看。像我們這個年紀的人，早就被文化這種東西給去勢，連揮刀的勇氣也沒有。像我，光是看到刀子，就覺得全身血管發麻。如果我要殺人，一定會採刀子以外的方法。不過，我老爸就不同了。他今年已經六十五歲了，他是在明治二十年前後出生的，當時的日本仍是個打打殺殺的時代，而且我祖父也在。他可是貨眞價實地在維新之刃下活過來的人。揮刀砍人對他們來說不算什麼。我老爸是在祖父的教育下長大成人的，他的神經韌度和我們不同。所以一看到這裡有人遭斬殺，我很難不先想到是我老爸幹的。」

直記確實神經不太正常。他不斷在房內來回踱步，還一直說個不停。就像害怕一沒說話便會出現空檔似的。我一直聽他來回踱步的腳步聲以及喃喃自語，感覺連我都快神經不正常了。

「停，仙石，你別再走了。你要是再走下去，現場證據都被你破壞了。在警方趕來前，要盡可能保存現場原狀。」

「警方？喂，寅兄，這麼說來，你非報警不可嗎？」

「你聽我說。仙石，如果只有我們兩個人知道這件事，或許可照你的意思做。但四方太也在啊。」

「四方太！」

直記發出呻吟般的聲音。

「他現在肯定就像廣播電台一樣，四處向人傳播這件慘案。而且肯定也會說給傭人聽。傭人畢竟是外人啊。」

直記再度發出哀嚎。

「這麼說來，非得報警不可嘍？」

「沒錯，而且愈快愈好。但在那之前，最好先確認一些事。」

「確認什麼？」

「第一點，得確認死者的身分。」

「你還是認為這個屍體是守衛嗎？可是他身穿上的是蜂屋的西裝啊。」

「衣服可以動手腳。甚至能在行凶後才讓屍體穿上。」

「嗯，不愧是偵探小說家，果然多疑。好吧。可是要怎麼確認？」

「這個我有想好了，間接的方法是在家裡找人。如果他是蜂屋的話，守衛應該會在某處才對，如果他是守衛，蜂屋也應該會好端端地在某個地方。不過，最直接的方法，就是脫掉屍體的衣服來檢查。」

「就算脫光他的衣服，也看不出來啊。我根本就不會分辨駝子有哪裡不同。你會嗎？」

「不，我也不會。不過，如果是蜂屋的話，應該有個無法抹滅的明顯特徵。你忘了嗎？蜂屋去年在『花』酒店挨了八千代一槍，大腿上應該會有傷痕才對。」

直記又以炯炯目光瞪視著我。

「原來如此，不愧是偵探小說家。雖然文筆不怎麼樣，但掌握事情倒是很精準。好了好了，你別生氣。我的話沒惡意，而是欽佩你啊。原來是這樣，只要看有沒有傷痕，就能確認是蜂屋還是守衛。這是第一點，對吧？還要確認什麼？」

我強忍湧上心頭的怒火。

「嗯，第二是關於八千代。她昨晚來過這裡，對吧？」

「八千代？可是她沒道理來這裡啊。你指的是昨晚那件事吧？沒錯，八千代昨晚好像又發病了。可是，她不可能會來這裡才對啊……」

「仙石，你沒發現拖鞋的腳印嗎？八千代昨晚確實就是穿著拖鞋……」

「你……你的意思，這是八千代幹的？」

「怎麼可能，我又沒這樣說。女人力氣不大，應該不可能做出這麼可怕的事才對。而且當時八千代手上沒拿東西，這裡也沒有像凶器的東西。」

「凶器！」

直記突然彈跳而起。

「對了。我眞的是糊塗了。凶器！凶器村正！那把村正就在金庫內。謝天謝地！這麼一來，我老爸就不是兇手了。好，寅兄，我們就來檢查這具屍體吧。」

我們小心翼翼地不移動屍體，慢慢脫下他的長褲。蜂屋被槍擊的部位，聽說是在右大腿，上頭的確有傷痕。

「好，這下就確定了。被害人是蜂屋小市！」

我們讓死者穿上長褲後，在室內仔細搜索，但都找不到疑似凶器的物品。不過，倒是有個奇怪的東西吸引了我的目光。

「咦，這地方被寫上了奇怪的字。」

床鋪右側的牆上，有像是用釘子刮出的傷痕，從右邊斜斜往左上方延伸，仔細一看，好像是一排英文。可能是躺在床上的人無聊所寫的吧，正好就位在那樣的位置上。

「這什麼啊？好像是英文字。要怎麼念？」

不過，當時直記的模樣顯得很古怪。

「那、那、那是什麼啊。別管它了，現在更重要的是得找出凶器……」他神情狼狽。

「等等。看起來不起眼的東西，搞不好隱藏著什麼重大的含意。嗯……原來如此。蜂屋那傢伙昨晚在這張床上等八千代來。但因爲一直苦等不到人，才會寫下這些字。」

「你、你、你說什麼?他到底寫了什麼?」

直記一臉驚詫地來到我身旁，細看牆上的文字——

Yachiyo（八千代）

這是牆上所寫的文字。

「呼。」

直記宛如鯨魚噴氣般，長長吁了口氣。

「原來如此，看來，蜂屋昨晚打算和八千代在這裡幽會。」

「應該是吧。可能是八千代放他鴿子。不過，她心裡還是惦記這件事，所以才會半夜走到這裡來。」

「這樣啊，確實說得通。」直記似乎已平靜許多。

我們接著在這棟建築裡仔細搜尋，但別說凶器了，連疑似的東西也沒看到。

「好，這邊已經算處理好了，接下來怎麼做?」

「去檢查八千代的拖鞋。」

「好，走吧。」

從昏暗的洋房走出戶外，耀眼的陽光令我感到一陣頭暈目眩。胸中一陣噁心作嘔。

穿過樹林望向前方，發現鐵之進、柳夫人、四方太三人來到主屋的外廊上，正望著我們。鐵之進好像剛被人從睡夢中叫醒，棉袍敞開，都看到肚臍了。看他那自豪的八字鬍頻頻顫動，可見他也相當激動。相較之下，柳夫人就厲害多了，只是冷冷地望向不知名的遠處。

鐵之進吩咐了幾句後，源造原本手還放在庭園前洗手缽上，也馬上朝我們快步跑來。

「源造，誰都不准離開。你告訴我老爸，我待會兒會去見他。」

直記只說了這麼一句，無視鐵之進的存在快步走進洋房裡。

「阿藤！阿藤！」

一經叫喚，阿藤的臉變得跟紙一樣蒼白，迅速從女傭房間飛奔而來，這時我覺得奇怪的是，阿藤似乎眼中帶淚。她還是個年輕女孩，得知發生命案會害怕是人之常情，可是爲什麼會哭？

「阿藤，八千代呢……？」

「小姐她還沒起床。」

「那守衛呢？」

「到處都找不到他人……我已遵照您的吩咐，找了很久……」

直記納悶地轉頭望向我。

「屋代，守衛到底是怎麼了？他因爲身體的問題，一直都很少外出……」

「這就怪了……」

「沒關係，阿藤，妳繼續仔細地找。屋代，我們走。」

八千代的寢室位在一樓的最裡面。我敲了敲門，無人應答，於是我轉動把手，門應聲開啓。

我躊躇了一會兒，直記則是毫不顧忌地走進房內，我也只好跟進。八千代一定曾經醒來，然後又沉沉入睡。窗戶半開，粉桃色的窗簾隨風飄動。微風輕撫八千代的秀髮，她看來睡得無比香甜。如此熟睡的她，將平時那種脫序、淘氣、好顯己惡的模樣，全都隱沒在她的長睫毛之下，看起來聖潔得像個小女孩。

我們小心不打擾她沉眠，悄悄靠向床邊，拿起她那脫在一旁的拖鞋，然後又將它放回原位，離開房間。

鞋底沾滿了黑血。

「好，接下來去查看金庫。」

「可是……仙石，金庫應該沒什麼問題吧？因爲你鎖得那麼嚴密。」

「謹愼起見，還是檢查一下吧。你等我一下。」

直記先走上二樓，旋即拿著鑰匙走回。

「好像沒有人動過這把鑰匙，昨晚我將它藏在書桌抽屜最下面，還用牙粉在上面寫下一個S。結果S這個字和昨晚一樣，沒任何變動。」

我們走進飯廳旁的書房。

「寅兄，你設的密碼是什麼？」

我躊躇了一會兒，然後紅著臉，吞吞吐吐地說道：

「ヤ、チ、ヨ（八千代）。」

直記注視著我，臉上泛起不懷好意的微笑，自行轉動著文字轉盤，再以鑰匙開鎖。接著，他深吸口氣，猛然打開金庫的門。村正完好地放在金庫內。

「你看，果然在裡面吧。哈哈哈，你太神經兮兮了。這金庫不是隨隨便便就能打開……」

直記還是不放心，拿起村正，讓刀離鞘兩、三寸，這時，他發出一聲悲痛的慘叫。

「怎、怎、怎麼了！」

我大吃一驚，飛奔向前，刀鞘從直記手中滑落，刀子就握在直記手中。刀身上竟然沾滿了血跡……

春藥

我從沒拿刀砍過人，也沒看過殺人的凶刀。但此刻我一看到直記手中那把刀上的斑斑血跡，我不得不斷定，村正就是殺害蜂屋，砍下他頭顱的那把凶器。

但是，這怎麼可能呢？金庫明明層層上鎖，鑰匙由直記保管，至於密碼，則只有我知道。若只有我或直記其中一人，根本無法打開金庫。更別說是別人了。

頓時，一陣驚恐湧上心頭。之前發現那具駭人的無頭屍時，也沒這麼可怕，我感到陣陣寒意在背後遊走，甚至有股衝動想放聲大叫，四處亂跑，情緒難以控制。

整起事件已經失控了！

殺害那名駝子，取走他的頭顱（兇手爲何要取走頭顱？蜂屋身上明明有個很明顯的傷痕可作爲證據），並神不知鬼不覺地取出層層鎖進金庫的村正，拿它當凶器……我只能將這件事背後某種神祕力量、超自然作用在運作，眞是令人寒毛直豎。

直記也呆立良久。他目不轉睛地凝視那把血跡斑斑的刀子，接著像是要躲避什麼恐怖的東西似的，將刀子遠遠拋出。

「果然是我老爸幹的。」

被拋出的村正，刀尖插進地板，晃動了兩、三下後，旋即定住靜止，像是有生命似的，再次令我背脊發涼。

「不可以亂說。」我伸舌舔舐嘴唇，出言訓斥直記。

「不論是你爹還是任何人，都沒辦法打開這個金庫。你剛才不是說了嗎，沒人碰過這把鑰匙。還是說，這個金庫有其他鑰匙？」

「不，沒有。原本有兩把，但一把被我親手砸爛了，所以現在金庫的鑰匙只有一把。」

「這麼說來，應該沒人開得了那個金庫。就算有人偷偷複製鑰匙，也沒辦法開得了金庫，這點你應該也很清楚才對。因爲還需要密碼。我絕對沒把密碼告訴別人。所以不管是誰，都應該沒辦法打開金庫才對。」

「可是，現在村正被某人拿來行凶。這你要怎麼解釋？」

「我不知道。現在我還沒弄明白是怎麼回事。不過，當中應該會有合理的解釋才對。兇手又不是魔法師，不可能沒有打開金庫門，就任意拿取裡頭的東西，這一切應當找得到某種合理的解釋。只是我們現在情緒過於激動，才會看不清眞相。也就是陷入了盲點。因此，現在就別再急著想這件事了。愈是著急，愈會走進死胡同。這樣會正中敵人下懷。」

「敵人？你說的敵人是誰？」

「我也是如墜五里霧中啊。」

「喂，別用這種咬文嚼字的說法。重要的是，現在我們要怎麼做。」

「對了，先將這把刀放回金庫裡吧。因爲它是重要的證據。接下來得向警方報案。」

我低頭看表，時間已過中午十二點。

「糟糕。我們從發現命案到現在，已經過了一個多小時。再這麼磨蹭下去，會讓警方多做無謂的揣測。總之，我們先向警方詳細說明案情吧。」

直記再次把刀收進金庫裡，上鎖之後，這次由他自己轉動文字轉盤。也許他心裡認爲，就算再怎麼小心防範也沒用。

接著我們前往主屋的和室房間，只見鐵之進盤腿而坐，大口大口地喝著冷酒。柳夫人坐在一旁，帶著人偶般冰冷面容正織著毛線。這位充滿古典美，扮相宛如江戶時代寡婦柳夫人，在這種情況下，竟然還能神色自若地織毛線，這畫面實在教人感到矛盾。

鐵之進一見我們到來，面帶怯色地瞪大他那炯炯雙眸，朝我們打量了半晌後，才以沙啞的嗓音問道：

「直記，被殺害的人是誰？是蜂屋還是守衛？」

「爹，是蜂屋。」直記冷冷地應道。

「直記，你怎麼知道？屍體明明沒有頭啊。」柳夫人從旁插話。她的口氣極其平靜，就像在討論今晚的菜單一般。這女人很不尋常……當時我不禁這麼想。

「因為蜂屋的身上有特殊的印記，而那具屍體正好有那個印記。」

「你說的印記是什麼？」

「這件事以後再說。爹，屋代說，我們一定得要報警才行。」

「這是當然。因為這可是一起殺人命案啊。對了，這位是屋代先生，是吧？」

「是的，還沒向你介紹。這位是屋代寅太，是一位偵探小說家，是我們的同鄉。」

偵探小說家──聽過介紹後，鐵之進和柳夫人都露出不可思議的表情望著我。那眼神就像在看什麼奇妙的動物般。我只是默默低頭行了一禮。

「那麼，趕快吩咐源造去警局一趟。」

直記從外廊叫喚源造，源造旋即快步跑來。向他交代完事情後，直記回到原本的座位，以刺探的眼神望著他父親，略顯吞吐地問道：

「爹，你昨晚睡得好嗎？」

鐵之進雙目圓睜，緊盯兒子。

「問我睡得好不好？爲什麼這樣問？」

「不，也沒什麼用意……」

「直記，你得給你爹忠告才行，他最近酒又喝得很凶了，昨晚還喝到晚上十二點呢……如果只是喝酒倒還好，但他酒後總是會惹麻煩，眞教人受不了。」

柳夫人頭也不抬地如此說道，就像在對毛線說話似的。

「咦……爹昨晚又喝了嗎？伯母，妳昨晚都陪在我爹身邊嗎？」

柳夫人抬起頭來迅速瞄了我和直記一眼，接著目光又落向手中的毛線。

「沒，十二點前我一直陪著他，但當時我想，再這樣下去也沒完沒了，所以十二點一到，我就回自己房間睡了。你爹喝得爛醉，就這樣躺著睡著了。直記，你爲什麼這樣問？」

柳夫人才剛問完這句話，耳根旋即紅了起來。我發現她的反應後，心中興起一股反感。如同我前面所說，柳夫人美得猶如人偶。像京都人偶（註）般精緻纖細。但也像京都人偶一樣冰冷。不過，這種女人在床上的姿態大多熾熱如火，柳夫人正給人這種感覺。

與柳夫人相較之下，鐵之進顯得高大許多。他擁有一身年輕健壯的胴體和結實感，看起來一點都不像六十五歲。手臂和腰部都很粗壯，略黑的膚色，猶如青蛙表皮般潤滑光亮。明明年紀一大把了，外形卻很年輕，眞是噁心，而鐵之進的程度更在噁心之上，給人一種不潔之感。只要聯想到這兩人晚上交纏在一起的畫面，便令我胸口作嘔。

不過直記早習慣了，對此完全不當一回事。

「這麼說來，爹，你昨晚是自己一個人嘍？」

鐵之進又瞪大眼睛，凝視著兒子。他的酒意灼熱地向外噴發，我一看到他這種眼神，馬上發現他和直記喝醉的模樣如出一轍。

「直記，你這話是什麼意思？我是不是一個人睡，和這……」

「爹，殺死蜂屋的是那把村正。今天早上我看見那把村正時，上面沾滿了血跡。」

剎時間，鐵之進的雙眸爲之動搖。他咬牙切齒，重重地喘息，狠盯著直記，接著昂首將杯裡的酒一飲而盡。

「我不知道。我根本連村正在哪裡都不清楚。直記，你應該已經把它藏在我找不到的地方才對啊。」

註—京都人偶：原文爲「京人形」，是京都一帶製作的高級人偶，多半身穿和服，梳著一頭日本傳統髮髻。

「沒錯。不只是爹，我藏刀的地方，應該是誰也拿不到的，可是……」

「可是村正卻染血，是吧？那把村正……」

鐵之進再度一把抓起酒杯，昂首喝了口酒，這時，有個人一臉憨樣地走了進來，是四方太。

「柳夫人，好奇怪呢。我到處都找不到守衛……」

我們心中一凜，面面相覷。柳夫人仍是一副冷然之姿。

「這不可能吧。他已經有好幾年都沒出過家門了……」

「可是，看來他是離家出走了。我查看過他的房間，房內的外套、帽子、皮鞋、手杖，全部不見了。連行李箱也沒看到。」

「連行李箱也沒看到？」直記驚訝地站起身。

「仙石，守衛會不會去什麼地方拜訪呢？例如去拜訪朋友或親戚……」

「朋友？像他那種人怎麼可能會有朋友。而且我們沒半個親戚。眞有可能去拜訪的對象，就只有喜多婆婆了……」

「你說的喜多婆婆是什麼人？」

「守衛的奶媽。」

「她住哪裡？」

「作州的鄉下地方。因爲她對守衛忠心耿耿，整天囉哩囉嗦，吵得教人受不了，所以我們把她趕回故鄉去了。守衛應該不可能會到那麼遠的地方去才對……」

「如果到處都找不到人，就打通電報到喜多婆婆的住處，向她問問看。」

鐵之進擱下杯子。因爲話題從他身上轉移了，他似乎鬆了口氣。

「好，就這麼辦。寅兄，你跟我來，我們去檢查守衛的房間。」

「守衛，是吧……眞不可思議。」

柳夫人還是老樣子，一面織毛線，一面頭也不抬地低語著。

守衛的房間位在洋房裡，正好就在八千代房間的對面。阿藤一臉不安地站在房門前。

「我還沒進過這個房間呢。守衛這傢伙很怪，凡事都神祕兮兮的。以前除了他的奶媽喜多婆婆外，他都不讓人踏進房內一步。所以當初趕走喜多婆婆時，他發了好大一頓脾氣。最近是不得已才讓阿藤進房打掃，但在打掃時，聽說他都一直站在旁邊監視。」

不過，守衛的房間沒什麼特別的，和一般的有錢單身漢的房間沒兩樣。

「阿藤，行李箱平時都放在哪裡？」

「是，就放在衣櫃旁。您看，那裡還有痕跡。另外，像梳子、刷子、髮油等日常用品也都不見了。」

「嗯，那肯定是出外旅行去了。可是他那種身體狀況，偏偏又選在這時候……」

「他會突然失蹤，自有他的原因。」

「屋代，你認爲是他……」

我並未答話。不過，這時清楚浮現在我眼中的，是守衛猛力將花瓶擲向蜂屋時的表情。那是因憎恨和嫉妒而發狂，陰沉而又扭曲的表情……

「難道是守衛……原來如此，他確實是個陰險的傢伙。他個性很不乾脆，像個娘兒們似的，看不出心裡在盤算些什麼。不過，他應該是沒這個膽量做這種傷天害理的事。」

「這可就難說了，仙石，身障者心中強烈的情感，不是常人所能理解。一旦爆發開來，往往比普通人還可怕。」

直記原本要走出房外，這時卻回過頭來，停下腳步，朗聲叫喚阿藤。

「阿藤，衣櫥上的壁櫥裡裝的是什麼？」

「我不知道。少爺很不喜歡別人碰它。有一次我不小心碰到它，還被他狠狠訓了一頓。」

我們不禁互望了一眼。那是桃花心木製成的壁櫥，雙開的門上扣著門鎖。

「阿藤，妳可以下去了。有事我再叫妳。」

「是。」阿藤馬上離開。

「喂，仙石，你想幹嘛？」

「打開壁櫥看看。」

「別這樣，不可以隨便偷看別人的祕密啊。」

「哪管得了那麼多。如果他是兇手，就該從頭到尾調查清楚。」

壁櫥雖然上鎖，但用小刀撬了幾下便被打開了。裡頭擺滿藥局裡常見的寬口瓶子。

「搞什麼，這不是藥嗎？仙石，守衛難道身體有問題？」

「我不知道。我沒想到他常吃藥。這到底是什麼藥？」

瓶內有白、黑等各種五顏六色的藥粉。除了藥粉外，還有藥片和藥丸。也有某種像是燒焦的東西。瓶身都逐一貼有標籤，上頭寫著藥品名稱，但都是沒見過的藥名，全部用片假名寫成。

不過，就在我們逐一檢查瓶子時，直記突然大叫一聲，哈哈大笑。在這種時候大笑，令我詫異地望向他，直記於是將手中的瓶子遞給我。

「你看這個。」

我望向貼在瓶身上的標籤，上面竟寫著「烤壁虎」。

「這下我明白了，寅兄。守衛這傢伙性無能。不，還不至於到性無能的地步，算是性功能不佳。家裡常有寄給他的包裹，每當包裹寄來時，他總是很緊張，神色慌張地藏起來。這裡頭的藥，是來自國內外的各種春藥、壯陽藥。」

幽會

這整起事件全都亂了套。

所有登場人物都像沒印好的劣質三色印刷，色彩暈出輪廓之外，給人一股瘋狂之感，而當中最讓人覺得噁心的，就屬守衛了。

從他房裡壁櫥中發現各種春藥及壯陽藥時，我有一種難以言喻的感受，覺得他既下流，又可悲，但同時又有一種毛骨悚然的陰森之感。

從這羅列的春藥中，感覺得出守衛這個男人亟欲獲得解救的焦躁與邪念。

「喂，我們走了吧，不該看這種東西。」

「不該看？爲什麼？」

「你還問呢。雖然同樣是祕密，但身爲人，尤其是年輕的男人，這是最不想讓人知道的祕密。我心裡覺得不太舒服。」

「心裡不舒服？」

直記一臉納悶地端詳著我，不過他自己肯定對這個發現大爲驚奇，他並沒有像平時那樣沒口德。

「守衛他……竟然吃這種藥……」

他以平時難得一見的陰沉口吻說：

「眞是萬萬想不到。唉，可憐啊。」

他語帶不屑地說完後，關上壁櫥。

「喂，我們出去吧。」

他率先走向走廊，這時，我們嚇了一跳，佇立原地。因爲八千代就站在門外。她肯定是剛睡醒。睡衣外披了一件粉桃色的披肩，未梳理的頭髮披散在肩，而且還若無其事地穿著那雙拖鞋。我和直記不禁面面相覷。

「小代，妳……」直記以魚刺鯁喉般的聲音問，「妳剛睡醒嗎？」

八千代的眼神飄忽不定，就像還在作夢似的，恍惚地低語：

「嗯……我睡過頭了。」她看著我們剛才走出的那扇門，眼神旋即轉而納悶地問道，「直記，你在那個房間裡做什麼？」

「沒什麼，只是來調查一些事情。」

「調查？直記，我哥怎麼了嗎？」

「小代，妳沒從阿藤那裡聽到些什麼嗎？」

「沒有。阿藤她今天怪怪的。眼睛有點紅腫……直記，昨晚是不是發生了什麼事？」

八千代突然露出不安的神色。直記和我再度將目光落向她腳上那雙拖鞋。

「嗯，的確是發生了一件大事。待會警察就會過來了。」

「警察!?」八千代眼中倏然閃過一絲怯色，「直記！」

「總之，在警察趕到之前，我們得先討論一下。小代，妳趕快去換件衣服。我們在飯廳等妳。」

不到十分鐘，八千代已換上禮服，來到飯廳，但她面如白蠟。

「直記……」她站在門邊，以畏怯的眼神來回望著我們，「我……昨晚……又發病了嗎？」

直記和我都沒回答。不過，這便表示我們默認她的話，八千代臉上的怯色更濃了。

「……那雙拖鞋是怎麼回事？上面沾有……黑黑的東西……那會不會是血？」

八千代像貓一樣，踩著無聲的腳步朝我們走來，以沙啞的聲音如此問道。

「小代，妳發現了嗎？」

「嗯，就在我準備換鞋的時候……直記，到底發生什麼事了？我到底做了什麼？」

「小代，妳昨晚是不是和蜂屋約在那棟洋房見面？」

「我和蜂屋？」八千代眼睛瞪大說，「和蜂屋約在洋房見面？沒有啊，怎麼可能……」

「小代，現在不是愛面子的時候了。如果妳和他有這樣的約定，就坦白說吧。妳昨晚是不是和蜂屋約好在洋房的房間見面？」

八千代望著直記，就像在揣測他的心思。

「我不是已經說得很明白了嗎？我絕對沒和蜂屋有約。不過話說回來，蜂屋他怎麼了？他在洋房發生什麼事了嗎？」

「蜂屋被人殺死了，就在那棟洋房的某個房間裡。」

「而且兇手還帶走蜂屋的頭顱。」

人一旦遭受過於嚴重的打擊，反而沒任何反應。八千代像個傻瓜似的，張大著嘴，望著我們，接著她突然踉蹌兩、三步，然後碰一聲地跌坐在椅子上。

「你說蜂屋被殺了？」

我們不發一語地頷首。

「而且兇手還把他的頭顱帶走？」

我們再次頷首。

八千代緊迫盯人地朝我倆來回打量，接著像突然發現似的，呼吸急促地問道：

「那……那我哥呢，他怎麼了？」

「這正是令人納悶的地方。守衛從今天早上就不見人影，沒人看到他。」

八千代臉上的不安之色急速擴散。她揉著手帕道：

「你剛才說兇手帶走了頭顱，對吧？那表示死者沒有頭。這麼一來，那該不會是我哥哥吧？」

「不，我們也曾這樣想過，所以調查過屍體，確認是蜂屋沒錯。」

「爲什麼？難道你們知道蜂屋身上有什麼特徵嗎？」

「知道啊。那個特徵不就是妳留下的嗎？去年在『花』酒店……他遭槍擊的傷痕，還留在他大腿上呢。」

「啊！」

八千代叫了一聲，伸手捂嘴，接著一臉茫然地望著天空，沉默了半晌，然後才自言自語，「那應該就不會有錯了。被殺害的，確實是蜂屋。」

「是啊。關於這點是毋庸置疑的。不過，八千代……」

我從旁插話道：

「妳爲什麼認爲死者可能是守衛呢？」

八千代聽我這麼說，迅速瞄了我一眼，然後露出憤怒而緊繃的神情，轉向直記，像是刻意無視於我的存在般。

「直記，剛才我很肯定地回答你，我和蜂屋沒約在那棟洋房見面，這是眞的。不過……」

「不過什麼？」

我趨身向前。可是八千代依然無視我的存在，仍朝著直記。

「不過，昨晚的確有人和我約在那棟洋房見面。但那人不是蜂屋先生，而是我哥。」

直記陡然劍眉上挑，一道分不出是憤怒還是嫉妒的閃電從眉間閃過。

八千代仍舊若無其事，以不帶半點高低起伏的音調說道：

「當然了，我一點都不打算前去赴約。和自己的哥哥幽會，光想就覺得噁心，教人起雞皮疙瘩。不過，最近他變得很古怪。可能是因爲蜂屋先生來到家裡的緣故，他變得很粗暴，簡直就像換了個人似的。以前對我還有些戰戰兢兢，但最近態度卻很強硬……我有點不高興。」

「守衛那傢伙，到底是什麼時候約妳的？」

直記說話的口吻，像是吐出某種污穢之物。

「就昨天啊。他不是和蜂屋吵架嗎？就在那之後。他說如果我不聽他的話，就要殺了蜂屋……」

我們爲之一怔，互望了一眼。但八千代仍舊神色自若，繼續以冷淡的聲音說著。

「我當然沒把他的話當眞。我認爲，就算他改變再大，應該也不可能會殺人才對。他根本就像個鬧脾氣的孩子……不過，他一直糾纏不休實在很煩，我便隨口答應了他的要求，但我打從一開始就不想遵守約定。」

「那麼，你們是約幾點見面？」

「十二點。他叫我十二點整偷偷到洋房來。昨晚吃完晚餐後，不是只有我哥獨自一人留在餐廳嗎？那時候我剛好下樓，他便一直叮囑我這事。還說，如果我不遵守約定，就要殺了蜂屋……對了，當時他的眼神非比尋常。不過我當時並未特別放在心上，只是隨口敷衍幾句就走了。然後便上床睡覺。」

「可是，妳心裡很在意這件事，所以才會半夜發病，搖搖晃晃地走向那棟洋房，對吧？」

八千代身子一震，轉頭面向我。以駭人的眼神瞪視著我。

「我……我眞的去了嗎？……我完全不記得了。可是今天早上我頭好痛……我每次發病都會這樣。所以我醒來時，心裡很擔心，怕是自己又發病了。可是直記，我眞的去了那棟洋房嗎？」

「嗯，這是可以確定的事。事實上，屋代和我都親眼目睹妳在外頭行走。而且蜂屋遭殺害的現場，地上的血漬到處印有拖鞋的腳印。」

「啊……」

八千代倒抽一口冷氣。血色盡失的臉，就像劣質的紙張般，顯得乾燥泛黃。

「這麼說來……我果然是前去赴約了，而且還在血漬中到處亂走。眞是太可怕了，我完全不知情。直記，你會相信我的話吧？我一點都不知道自己發病了。」

「嗯，這個嘛……因爲是發病，所以這也沒辦法。等警方來了，我會這樣對他們說。」

直記的臉色陰沉，聲音顯得很陰鬱。

「對了，八千代。」這時，我又從旁插話，「妳和守衛幽會的事，蜂屋知道嗎？」

對此，八千代馬上應道：

「不，他不可能知道。這種蠢事……我沒告訴過他，我哥應該也不會說才對。」

「小代，妳昨晚送飯菜到蜂屋房間，對吧。當時蜂屋對妳做了什麼？」

八千代聞言後，橫眉豎目，狀甚駭人。接著像是吐出什麼穢物般地說道：

「他是個禽獸。一個噁心的禽獸。只要有機可趁，就想朝我撲來。我狠狠賞了他一個耳光……蜂屋就算被殺害，也是他活該。不過，我還是覺得很難以置信。他眞的被人殺死了嗎？那……那我哥人呢？」

八千代說話愈來愈語無倫次。雙眸的光芒變暗，嘴唇逐漸發紫，接著雙手緊握椅子的把手，昏了過去。

喜多婆婆

過沒多久，近處的派出所立刻有警察趕來。但因爲這裡是交通不便之地，所以等了很長的時間，警視廳和檢察局的偵辦人員才到齊，已將近日暮時分。

除了警察外，大批新聞記者也蜂湧而至，古神家的宅邸內馬上人山人海，喧鬧不已。

我們當然是一一被傳喚至偵辦人員面前，接受嚴密的偵訊。我自然是知無不言，不過，要向凡事講究常理的警方解釋如此離奇的案件，並且讓他們接受，實在不是一件簡單的事。爲了正確傳達整起事件的始末，我必須從古神家瀰漫的異樣氣氛開始說明，好讓他們理解，但這並非三言兩語就能說得清楚。

搜查課長澤田警視（他似乎負責偵辦這起案件），似乎對我們多所質疑。

「這麼說來，你在古神家算是局外人……是嗎？」

澤田警視身材不高，但體格精壯，刮過鬍子的地方有濃密的青皮。不過，一般警視給人裝腔作勢的可怕印象，在他身上完全沒有，說話也相當客氣。

「是的，可以這麼說。我和仙石直記從學生時代便認識，不過，和其他人則是昨天第一次見面。除了蜂屋之外。」

「你和蜂屋熟嗎？」

「也不算熟，僅止於作家與畫家的點頭之交。有時會在聚會上碰頭，所以算是說過話。」

「原來如此，那麼，對蜂屋來說，你也可以算是個局外人。依你之見，兇手會是失去下落的守衛嗎？」

「這個嘛……」

「聽說守衛昨天白天時，與蜂屋大吵一架。而八千代則是引發他們爭風吃醋的主角，是不是？」

「這是誰說的？」

「是仙石直記先生。不，之前也聽傭人這樣說，我們只是向直記先生確認此事是否屬實而已。我認爲兇手是守衛，動機是嫉妒，不知你的看法爲何？」

「這……」

我含糊其辭。澤田警視一直凝視著我，接著眼中泛起柔和的笑意說道：

「哦，你不贊同這種說法嗎？不，就算你掩飾也沒用，因爲你的表情透露了一切。屋代先生，你應該有自己的看法吧？若眞是如此，可否坦誠相告呢？」

我沉默了片刻後，下定決心，說出以下這番話。

「不，我對您的說法沒任何異議。守衛可能是兇手。但不管兇手是誰，這起案件恐怕都不像你想像的那麼單純。」

「你的意思是……？」

澤田警視仍舊眼中帶笑，催促我接著往下說。

「我的意思是……雖然當中有很多原因，但最簡單的證據，就是屍體沒有頭顱。如果守衛一時激動而殺了蜂屋，又爲何要砍下他的頭顱呢？」

「有道理。」

「砍下頭顱帶走，這是件很麻煩的工作。姑且不論這是否麻煩，至少兇手這麼做，應該有相當的理由才對。很難想像只是一時激憤或臨時起意，而做出這種事。」

「經你這麼一說，確實有幾分道理，還有其他原因嗎？」

「我這麼說，你或許會笑我，認爲這是作家的想像力，或認爲是作家的習性，總愛故意把案情看得很複雜，而看不起我。不過，我始終不認爲這是因爲一時激憤而臨時起意的犯行。這起事件的動機，並非這幾天才突然浮現。首先，是蜂屋來到這個家……光是從這點來看，我就覺得非常奇怪。同樣是駝背的蜂屋，來到守衛的地盤。從這點來看，你不覺得很古怪嗎？」

「也就是說，你認爲這起案件背後，有個聰明過人的策畫者。而且這是經過精心安排的一項計畫，是嗎？」

「沒錯，事實上，八千代曾收到一封恐嚇信……」

「咦，恐嚇信？」

澤田警視突然趨身向前，我心中暗叫一聲不妙。看來，直記還沒向警方透露此事，但現在管不了那麼多了。反正這是早晚非說不可的事。

於是我將之前從直記那裡聽說，與八千代有關的事，以及去年她收到那三封信的事，向警方和盤托出。澤田警視似乎很感興趣，頻頻摩挲著下巴。

「原來如此，眞的很有意思。我明白了。就是因爲有這種事，才會邀你到這裡作客，對吧？」

「嗯，可以這麼說。因爲我好歹也算是個偵探小說家，所以直記才會如此看重我。他認爲偵探小說家就像小說裡的偵探主角一樣，具有當偵探的素質。」
澤田警視撫摸著濃密的鬍碴，露出溫和的笑臉。
「剛才那番話相當值得參考。若眞有此事，就不能認定這是因一時激憤而犯案。不過……」澤田警視眉頭微蹙，「照你剛才所說，不管策畫者是誰，他這項計畫都是針對古神家或仙石家。但事實上被殺害的人，卻是和他們兩家沒什麼關聯的蜂屋小市。這多少有點奇怪吧？」
「沒錯。這我也覺得奇怪。所以，這或許是……」
「或許是什麼？」
「不，我要是說出來，可能又會被笑說是作家愛幻想。不過，我總覺得這起事件……亦即殺害蜂屋這件事，並不會就此落幕。搞不好接下來還會有事發生，這只是恐怖案件的前奏曲。我不禁有這種感覺。」
我在不知不覺間，沉迷於自己說的這番話當中。當我在澤田警視面前如此陳述時，我不自主地感到背後一陣寒意遊走。
警方對我的第一次偵訊到此結束。
在偵訊期間，其他偵辦人員則是到命案現場的那棟洋房仔細調查，將屍體運出解剖，不過，一直到隔天我們才從新聞報導中得知調查的結果。
據報導，蜂屋是在半夜十二點左右遭人殺害。這是根據死後僵硬和屍斑的狀態所判斷，而從胃部的內容物來判斷，也得到同樣的結果。當晚，八千代是在十點左右送晚餐給蜂屋。蜂屋似乎只吃了一半，另一半留在盤內，就擺在房裡。最後殘留在蜂屋胃裡的食物，已經過了兩個小時的消化。

如果蜂屋是在半夜十二點左右遭殺害，除了兇手以外，最後一次看到蜂屋的人，就是女傭阿藤了。

她在蜂屋的要求下送水前去，正好是十二點左右。對當時的情況，阿藤如此描述：

「客人打電話來，吩咐我送水過去，所以我依言照辦。結果到現場時，他好像正在打盹。是的，當時他的確還活著。因爲他微微發出鼾聲。於是我把水連同托盤一起放在他枕邊的桌子上，悄悄離開房間，接著便遇見直記先生和屋代先生……」

事後發現阿藤送去的水瓶，連同托盤一起放在桌上，但令人納悶的是，蜂屋連一滴水也沒喝。此事暫且不提，蜂屋就是在阿藤離開後，步出房間，前往那棟洋房，在那裡遭人殺害。

不過這麼一來，村正上面的血漬就說不通了。我們把村正收進金庫裡，是十點半左右的事。因此，村正所沾染的，不是蜂屋的血。若是這樣，那又會是誰的血呢？據鑑識課鑑定的結果，證實它與蜂屋的血型相符……

這些事暫且不提，現在最傷腦筋的就屬我了。我原本並不打算在古神家久待。誠如直記所瞧不起的，我是個三流作家。但戰後是雜誌氾濫的時代，像我這種三流作家，也是有不少稿約，倘若我非得在古神家長期逗留，還得先回去做些準備。於是我向澤田警視提出這項要求。

「好啊。那你就先回家一趟，準備好再來……」

他很乾脆地一口答應。

於是當天晚上，我回到雜司谷的古寺後，四處與各家雜誌社聯絡，隔天下午回到小金井，正好蜂屋的遺體已完成解剖，送了回來。

蜂屋沒半個親戚，所以是由他的二、三好友，還有直記、我、八千代，一起將他的遺體送往火葬場，晚上照規矩舉行守靈儀式。

但之後卻發生一件大事。

那是蜂屋的葬禮結束後第二天的事。守衛那位住在作州鄉下的奶媽喜多婆婆，看到直記打來的電報後大吃一驚，千里迢迢趕來東京。

喜多婆婆看起來像是個六十五、六歲的老太太，但因爲長年在古神家侍候他們，所以沒有鄉下人的土樣，容貌和服裝也都不俗。

她在鐵之進與柳夫人面前聽完直記說明事件後，靜靜地反問道：

「這麼說來，是守衛殺死那名叫蜂屋的男子，然後躲起來嘍？」

她的用語雖然很平靜，但當中潛藏著像水一般冰冷的反抗。

「嗯，目前是這麼認爲，警方也正在四處找尋守衛的下落。喜多婆婆，守衛眞的沒去找妳嗎？」

喜多婆婆並未直接回答問題，只是以犀利的目光環視眾人，然後才冷冷地說：

「這當中有誤會。守衛不可能殺人。不，我看他才是被害人。而殺害守衛的兇手，是你、妳、你，還有妳！。」

喜多婆婆如此說道，伸指依序指向鐵之進、柳夫人、直記、八千代。那時，我感到有股毛骨悚然的驚駭湧上心頭。

眾人似乎都爲之一驚，一時語塞，但直記旋即以惡毒的聲音大笑。

「妳別說傻話了。剛才我不是說了嗎，屍體的大腿上，有之前槍擊留下的傷痕……所以那是畫家蜂屋小市的屍體……」

「不，所以我才說，那具屍體是守衛。」

喜多婆婆的眉毛連動也不動一下，用丹田的力量一字一句地說道：

「守衛去年夏天拿著一把手槍當玩具把玩，一不小心射中自己的大腿。沒錯，就是右邊大腿。嗯，只要讓我看屍體一眼，就算沒有頭，我也能分辨他到底是不是守衛，只可惜……」

手槍的下落

喜多婆婆的一句話，就如同朝我們丟出一顆炸彈般。它所帶來的震撼強大，令我全身肌肉爲之僵硬。

喜多婆婆滿懷恨意地瞪視現場每一個人。

「我不知道那個姓蜂屋的畫家，是否右大腿有槍傷。但如果眞有那樣的傷痕，這件事就太詭異了。同樣是駝背，而且有同樣的傷痕……哦，這當中一定有什麼緣由。我知道了，這肯定是某個可怕的陰謀。而策畫這可怕陰謀的罪魁禍首……」

喜多婆婆再次舉起她那枯瘦的手指，依序指向鐵之進、柳夫人、直記、八千代。

「就是你、妳、你，還有妳！」

儘管二度遭喜多婆婆如此痛罵，但沒人出言辯駁。

一來是因爲喜多婆婆揭露的事實太令人意外，二來是眾人被喜多婆婆駭人的氣勢所震懾，失去辯駁的勇氣。

鐵之進爲之目瞪口呆。他那老年人不該有的厚實胸膛，在敞開的前襟底下急促地喘息。直記極力佯裝平靜，但嘴唇卻像痙攣似的，不住顫抖。

八千代則是面色如土。失神般的雙眼，目光渙散，呈現混濁的乳白色。

連一向表情冷漠的柳夫人，此時也柳眉微蹙，緊抿雙唇。

「喜多婆婆。」我好不容易從震撼中恢復平靜。我先清一清卡在喉嚨的濃痰，才開口道，「這是眞的嗎？妳說守衛的大腿上有槍傷，此話當眞？」

我趨身向前，喜多婆婆以冷漠的眼神回瞪我。

「你是什麼人？與古神家有什麼關係？」

「我是直記的朋友，和他是從學生時代就認識的朋友。」

喜多婆婆冷哼一聲，鼻頭露出不屑的皺紋，不懷好意地朝我臉上打量，接著以令人背脊發涼的聲音說道：

「你說你是直記先生的朋友？那想必你也不是什麼正經人。你應該也是個壞蛋吧。這次的案件，你也摻了一腳嗎？」

我眞是自討沒趣。但我未因此生氣。這名老太婆平時應該是盲目地疼愛守衛，因此面對守衛發生的意外，她才會近乎發狂。說來實在可憐。

「這不重要，重要的是守衛的事。守衛生先眞的有妳說的傷痕嗎？」

我再次確認，喜多婆婆突然憤怒地提高音量。

「我何必說謊。我爲什麼要說謊？剛才我也說了，守衛在去年夏天把玩一支手槍時，一時不愼走火，子彈射穿他的大腿，傷痕就在這一帶……」

喜多婆婆略微屈膝，隔著衣服指向自己的大腿。正好與屍體的傷痕位置一致。

「可是……」直記似乎這才猛然回神，舔了舔乾澀的嘴唇，向前移動半步，「之前我們怎麼都不知道這件事？鬧了這麼大的事，當時怎麼會沒察覺？」

「因爲我瞞了下來。守衛無照持有手槍，要是讓你們知道，不知道又會如何爲難他，於是我和守衛商量，決定隱瞞此事。如果你們覺得我騙人的話，不妨問問內藤醫生。當時就是他替守衛取出子彈，負責治療一事。」

「經妳這麼一提，去年夏天，守衛確實有一陣子走路有點跛。」柳夫人在一旁插話，接著又恢復原本冷漠的面貌，「當時我問他是怎麼了，他回說是扭傷了腳踝。還讓我看他纏著繃帶的腳踝，這麼說來，就是那時候……」

「沒錯，就是那時候，要是讓你們知道他眞正傷在何處，難保不會惹出什麼風波，所以他才在腳踝纏上繃帶，好瞞過你們。」

「可是，守衛爲什麼要持有手槍呢？」

直記以心不在焉的口吻問道。那是一面詢問，一面在腦中想其他事的語氣。

喜多婆婆正面凝視著他。

「他表面上是說因爲怕有強盜，要用它來防身，但現在回想，或許他周遭有比強盜更可怕的人。對了，也許守衛心裡很清楚，比強盜還要可怕的人，就和他住在同一個屋簷下。唉，早知道，我就不會拿走那把手槍了。」

「那是什麼樣的手槍？什麼型式？」

「什麼型式？像我這種老太婆，怎麼會知道手槍的型式。那是可以放在掌中的一把小巧可愛的手槍。聽守衛說，那是女人防身用的……」

「然後呢？妳把手槍拿走後怎麼處理？」

我不禁急了起來。

「我把它藏在自己房間裡。就放在衣櫃的抽屜裡。可是……」

「可是怎樣？」

「過了好一陣子我才發現，那把手槍不知什麼時候不見了。我猜可能是守衛拿走了，因而向他詢問，但他卻說不知道。他是絕不會對我說謊的人，因此偷走手槍的肯定另有其人。就是你們四個人當中的一個。你、妳、你、妳……就是你們當中的一個！」

喜多婆婆又以她那指節粗大的枯瘦手指指向他們四人的鼻尖，這時，我想到一件極其可怕的事，不禁打了個寒顫。

八千代去年秋天在「花」酒店槍擊蜂屋小市的那把手槍，也許就是那一把。雖說這是個極爲混亂的時代，她的個性又如此放蕩不羈，但是像八千代這種年輕女孩，絕對沒辦法輕易取得手槍。從喜多婆婆的衣櫃抽屜裡偷走手槍的人，應該就是八千代了。

若眞是如此，那這一切又是怎麼回事？守衛和蜂屋小市的頭顱要是被取走，幾乎無法辨識他們的身分。兩人都是駝子，擁有相似的體形，而且還用同一把槍打在幾乎相同的部位上。

這眞的是巧合嗎？難道這不是是巧合，而是某個恐怖陰謀？搞不好八千代在「花」酒店槍擊蜂屋小市，正是這件命案事先就計畫好的前奏曲。

一陣來路不明的妖氣令我深受震撼。我感覺到令人頭皮發麻的森然鬼氣，反射性地縮起身子，以刺探的眼神偷瞄八千代。

直記心中肯定和我有一樣的想法。他流露驚恐的眼神，緊盯著八千代的側臉。

但八千代臉上卻沒任何反應，只是一臉茫然，睜著空洞的雙眼，望向不知名的遠方。一股恍惚的森然妖氣，緊緊包覆這位美女的雙肩。

喜多婆婆以那雙狡猾的眼睛刺探著我們的神色，接著發出陰森的冷笑。

「我不知道你們現在心裡在想什麼。不過，反正你們也不可能會想些什麼正經事。現在一切都已經不重要了。鐵之進先生，我要在這裡住一陣子。在我看出是誰殺害守衛之前，絕不會離開這裡半步。鐵之進先生，可以嗎？」

我很好奇鐵之進對此會做出什麼回答，因而轉頭望向他，沒想到他回答得相當平靜。

「好，當然可以，妳愛住多久都行。不管被殺害的是那位三流畫家，還是守衛，如果妳可以憑自己的眼力找出兇手，就儘管去找吧。這樣也算幫了我個大忙。哈哈哈。」

鐵之進最後朗聲發出有點做作的笑聲。

夜行人

喜多婆婆的出現，以及她充滿爆炸性的證詞，不僅令我們爲之戰慄，似乎也令警方極度緊張。

澤田警視臉色大變地趕來，我們再次逐一被叫去仔細偵訊。警方會有所懷疑而一再訊問，也是無可奈何的。我們作夢也沒想到守衛的大腿上也有槍傷，如果之前知道此事，在鑑定屍體時，應該會更愼重才對，也能進一步提醒警方這件事。

我們正因爲沒料到連守衛也有相似的槍傷，才會以此傷痕來認定死者是蜂屋。不過，我們不知道要注意傷痕的特徵及詳細位置，也不能算我們的錯。

警方現在才對屍體火化一事感到懊悔，但所幸之前留下屍體的詳細照片。顯示出屍體特徵的唯一線索，亦即槍傷的部位，也留下了特寫的照片。

警方重新將照片拿出，交給蜂屋當初遭槍擊住院時的主治醫生，以及替守衛治療的內藤醫生看，想詢問他們的意見，但根據新聞報導，這些嘗試似乎沒什麼收穫。因爲事情已發生半年，甚至更久，醫院和診所不可能一一對患者的傷處拍照存檔，所以兩位醫生都已記憶模糊，不敢妄下斷言。不過，從這兩名醫生不置可否的模糊態度來看，蜂屋和守衛的傷痕位置似乎很相近，而且性質也相當類似。

不過，只有喜多婆婆一看到照片馬上斷定死者是守衛。她堅稱，從那駝背的體形還有大腿的傷痕來看，確實是守衛沒錯。

但警方似乎也頗感猶豫，不知是否該採信她的證詞。因爲喜多婆婆覺得守衛很可憐，對仙石父子、柳夫人、八千代充滿憎恨，所以只要能對他們不利，再怎麼離譜的證詞她都說得出口。而且駝背的守衛與蜂屋體形極爲相似一事，不僅我們，就連傭人也都這麼說。

再者，儘管喜多婆婆指證歷歷，說那傷痕即可充分證明屍體就是守衛，但她的記憶是否正確，令人存疑。因爲那是除了醫生，鮮少人看得到的部位，就算守衛與喜多婆婆是何等交心的主僕關係，應該也不會常讓她看那個部位，甚至可能根本沒看過。更何況傷癒後，喜多婆婆應該是幾乎沒機會看才對。

因此，那具屍體雖不能斷定是蜂屋，但貿然斷定是守衛又太過危險。到頭來，不管有沒有槍傷，還是無法釐清屍體究竟是蜂屋或是守衛的。

我不清楚警方在這起事件的調查上，到底抱持什麼想法。

不過我感覺得出來，從那之後，他們在處理這起案件時，態度顯得謹慎許多。從澤田警視訊問我們的態度中也能清楚感到他執拗的懷疑，想從我們的談話中嗅出背後的含意。

「我受夠了，好恐怖。這個家我再也待不下去了。」

那是喜多婆婆出現後第三天的事。我、直記、八千代三人，難得可以避開員警監視，在洋房的飯廳喝茶。這時，八千代突然說了這麼一句，叩的一聲將咖啡杯擱在杯盤上，我和直記驚訝地轉頭望向她。

八千代就像在和湧上心頭的恐懼對抗般，使勁甩了兩、三下頭，接著以黯淡無光的眼神望向我們。

「沒錯，警方在懷疑我。不，不只警方，連你，還有你……」

八千代和喜多婆婆一樣，定睛望著我和直記。

「你們也都懷疑我。不，就算你們再怎麼掩飾，我還是看得出來。這兩、三天，你們不是一直有話藏在心裡不說，就只是盯著我瞧嗎？本以為你們是有事想問我，結果你們卻把臉轉開。唉，我受夠了，再也受不了了。」

八千代所言不假。我們最近確實不敢正面看她。自從喜多婆婆揭露那件可怕的事實後，潛藏在我心中的猜疑愈來愈濃。八千代和這起事件很難撇清關係，否則根本無法解釋在「花」酒店發生的那件事。那件事絕非只是八千代一時喝醉，臨時起意的瘋狂之舉。從那時候起，殺人的計畫便啓動了。八千代應該不是策畫者。但毋庸置疑的，他不是這項計畫的共犯，就是被當成工具利用了。

這時，我心裡期望直記能進一步逼問她。但不知爲何，直記就像很怕去碰觸此事般，最近總是刻意躲著八千代。而在八千代沒發現時，直記看她的眼神卻又相當熾烈，有股可怕的殺氣……

「啊，又來了……你又用那種眼神看我了。既然你這麼懷疑我，爲什麼不直說？爲什麼不清楚將心中的質疑問個清楚？我不喜歡你們什麼也不說，只是用懷疑的眼光盯著我。啊，我受夠了，眞的受夠了！」

「小代。」

直記就像低聲訓斥般地說。那聲音聽起來就像有魚刺鯁在喉嚨裡。

「說話不能這麼大聲，別讓自己情緒這麼激動。因爲隔牆有耳，現在家裡到處都是耳朵呢，哈哈哈。」

直記自嘲似地從喉嚨深處低聲輕笑，接著突然趨身向前。

「小代，那我問你，有關於『花』酒店那件事。」

這時，八千代突然身子一震。

「那件事純屬偶然嗎？還是說，打從一開始就是計畫的一部分？」

八千代的眼睛猛然黯淡無光，一臉茫然地望向遠方，接著視線移回直記臉上。

「那件事我也不清楚。不過，現在回想，那件事應該不是偶然。那應該是劇本中安排好的事。」

「小代，妳這話是什麼意思？槍擊蜂屋的人不就是妳嗎？」

「沒錯，開槍射擊蜂屋的人是我……」

「那妳爲什麼還能講得這麼含糊？」

「因爲，因爲……連我也不清楚啊。」

八千代的聲音顯得茫然，宛如一個置身夢中的人所發出的聲音。

「妳不清楚？小代，這話是什麼意思？」

直記不禁提高音調，但他似乎馬上察覺，又壓低聲音說道：

「喂，小代，關於那件事，妳還有事瞞著我，對吧？如果是，就趁現在說個清楚吧。爲什麼會發生那件事？」

八千代仍以不帶一絲光芒的眼神望著直記。看在旁人眼中，似乎顯得很冷靜，其實她放在膝上的雙手一再搓揉著手帕，透露出了她心裡的苦悶。

接著，她以沒半點起伏的聲音說道：

「那天，有個人告訴我，今天會有一名駝子出現在我面前。而這名駝子，就是之前寄照片給我的人，就是照片裡那個沒有頭的駝子。我聽完後氣得直發抖，忍不住脫口說我要殺了他。這時，那個人告訴我，絕不能殺了他。要是殺了他可就麻煩了，所以妳只要在他身上留下個烙印，以示薄懲就行了。就用手槍朝他右大腿開一槍……說完後，那個人就給了我那把槍。」

我和直記不禁面面相覷。

「那個人到底是誰？」

八千代默而不答，黯淡的眼神在空中飄盪。

「八千代，難道那個人是守衛？」

八千代沉默了片刻後，這才微微頷首。我和直記又互望了一眼。我有種可怕的感覺湧上心頭。

「小代，妳當時知道守衛的大腿有槍傷嗎？」

八千代微微搖頭。

「我當然不知道。直記先生，在喜多婆婆說那件事之前，你不也是不知道嗎？連你都不知道的事，我怎麼可能知道。守衛雖然和我們同住一個屋簷，但他就像是個異邦人。所以當時他叫我瞄準對方右大腿開槍，我並不覺得他的話中有什麼特別含意。我只是碰巧遵照守衛的吩咐，瞄準那個部位開槍罷了……」

直記定睛注視著八千代，沉默了好一會兒，接著又再次趨身向前。

「小代，這麼說來，守衛知道那封奇怪的信和照片的事嘍？」

「沒錯，他知道。是我告訴他的。」

我至今仍無法忘記直記當時的神情。那是充滿嫉妒與憎恨，無比駭人的黑色烈焰。他可能以為只有自己知道八千代的祕密，暗自以此感到欣慰和驕傲。但八千代傾吐心事的信賴對象，並非只有直記一人。

連直記最瞧不起的守衛，也知道八千代的祕密。也難怪直記會流露出因嫉妒而發狂的眼神。

不過，八千代並未發現直記激動的情緒。她突然露出畏怯的眼神。

「警方現在一定會重新調查『花』酒店那起事件。不久便會發現，槍擊蜂屋小市的事件，並非只是一名無聊女子酒後發狂所致。到時候他們一定會追查那名女子，然後發現那個人就是我。啊，我該如何是好？這個家我實在待不下去了。我要逃，逃離這裡。」

像這種放蕩不羈的女人，對生命的恐懼感往往比一般人來得強烈。八千代伏案放聲大哭，這時，直記突然隔著桌子靠向前，朝她耳邊悄聲說了幾句話。

八千代聽完後，猛然坐起身，轉頭望向門口，臉色慘白猶如白紙。

只見喜多婆婆像石像般，面無表情地站在門口。但從她那沒有表情的五官下，可以清楚看出復仇者陰沉的憎恨。

我就是在那一晚，得到一項既意外又古怪的發現。

那天晚上我輾轉難眠。八千代那不可思議的告白，像耳鳴般在我腦中繚繞，敲打著我的每一個腦細胞。我在寢室的床上一再翻身，但愈是急著想睡，雙眼愈是明亮。最後，室內沉重的空氣，壓得我幾乎喘不過氣。

我再也受不了，就此走出房間，來到樓下。從之前和直記一起走過的門廊來到庭園。

我心想，在庭園裡稍稍散步一下，或許耳鳴的情況可以改善。

月亮已開始由盈轉虧，但庭園依舊明亮。我漫步在之前鐵之進高舉著村正追趕蜂屋的水池邊。

話說回來，這起事件還眞是不可思議。不管遭殺害的是蜂屋還是守衛，另一人到底怎麼了？不論誰是兇手，他們那種醒目的體形，躲得了一時，躲不了一世。那活著的人，到底是跑哪兒去了？

我心臟噗通噗通跳個不停，呼吸變得急促，感到噁心作嘔。

這時，我腦中突然浮現一個奇怪的想法。搞不好他們兩人當中，有一人不是眞正的駝子。守衛或是蜂屋，當中也許有一人假扮駝背。不過，守衛駝背的事毋庸置疑。從小和他一起長大的直記和八千代，不可能一直被他瞞在鼓裡。

但蜂屋他……

我對蜂屋一無所悉。只知道他是戰後突然竄起的人物，沒人知道他的過去。大家只知道他是一位畫風特異的新銳畫家，但是他戰前過著什麼樣的生活，無人知曉。而且我還聽說過一件事。蜂屋明白自己的身體醜陋，所以他絕不讓人看他入浴的模樣。據說就連和他有過肉體關係的女人，也從未見過他裸體。

我突然感到一陣恐懼。瞬間全身宛如煮熟般，躁熱無比，但下個瞬間，卻又覺得如同結凍般冰冷。

就在這時，我聽見那輕細的腳步聲。

我驚訝地轉頭觀望。發現水池對面有人朝我這裡走來。此人全身沐浴在朦朧的月光下，踩著輕飄飄的步履，不斷朝我接近。從對方的步履，我聯想到八千代那一夜的模樣。但此人並非八千代。隨著對方愈走愈近，逐漸可以清楚看出是名男子。法蘭絨的睡衣綁著細腰繩。睡衣前襟完全敞開……啊，那不是直記的父親鐵之進嗎？

鐵之進踩著輕飄飄的步履朝我走來。他的眼睛直視前方，神情恍惚。他已來到我前方三尺之處，卻仍未發現我的存在。

我的心臟跳得好急，全身冷汗直冒。

我試著轉身站在他面前，並在他鼻尖前揮動雙手。但鐵之進只是微微放慢步調，旋即又飄飄然地往前邁步。彷彿在雲端上遊走……

竟然有這種事！仙石鐵之進也是個夢遊症患者。

頭顱

現在我才想到一件事，那就是直記認爲八千代是鐵之進女兒的原因。

夢遊症這種病，沒有非常普遍。若同一戶人家有兩名夢遊症患者，恐怕有某種遺傳的關聯。直記會有這樣的懷疑也是理所當然，他知道自己父親有夢遊的毛病。此事從之前發現蜂屋（或是守衛）屍體後，直記對他父親的提問中便能想像得到。當時直記似乎很在意鐵之進昨晚是否睡得好，柳夫人是否一直陪在他身邊。

當時我不了解他那樣問的含意，只是很納悶他爲何這麼問，如今回想，直記當時是害怕父親夢遊的毛病又犯了，在夢遊過程中犯下罪行。

而鐵之進肯定也明白兒子所擔心的事，也對自己的行爲沒有自信，才會顯得惴惴不安。

鐵之進是否眞在夢遊的情況下犯案……此事姑且不談，總之，這裡有一位夢遊症患者。他和八千代有相同的毛病。而且八千代的生母柳夫人，從以前就有不守婦道的傳聞，如今也確實成爲鐵之進的情婦。也難怪直記會將八千代想成是他父親的骨肉，這恐怕是事實。

圍繞在古神家四周，那倫常敗壞、深不見底的泥沼，讓人感覺既黑暗，又噁心。不過，今晚夢遊症發作的鐵之進，到底要去哪裡？

鐵之進沿著水池邊飄然而行，走路的模樣，與之前八千代的步伐如出一轍，這是無從爭辯的事實。他的臉微微上揚，雙手垂向身後，猶如走在雲端上……這可以說是夢遊症患者的特徵吧。

鐵之進繞過水池，來到內院的庭園。樹林前方可以看見那棟洋房。鐵之進要到那棟洋房去嗎？若是如此，難道之前那場凶殺案眞是鐵之進所爲？我深感恐懼，心底爲之一寒，卻無法將目光從他的背影移開。

今晚又是朦朧的月夜。溫熱的微風吹拂著鐵之進睡衣的下擺。貓頭鷹那如同喚雨般的叫聲，令人備感陰森。

最後鐵之進終於來到那棟洋房旁，但他卻連看也不看一眼，逕自穿過樹林。

他繼續踩著輕飄飄的步伐前行。奇怪，難道他的目的地不是這棟洋房？那麼，他到底要去哪裡？

當然了，我不知道夢遊症患者的行動，是否具有一般人常識認爲的目的或意識。不過，如果夢是願望被壓抑在潛意識下的一種展現，那麼，夢遊時的行爲一定也有誘發他這樣做的動機。鐵之進從洋房旁穿過，繼續往深處走，表示一定有某件令鐵之進很在意的事，到底是什麼？

洋房後方原本似乎是一片草皮，如今雜草在草皮上扎根，四處蔓延。

現今這個季節，草皮才剛恢復些許春色，但已足夠讓人想像夏季雜草叢生的景象。

跨過這片雜草園是武藏野的天然林。足以與井之頭公園媲美的杉樹，巍然聳立。在這片天然林的環繞下，湧泉池微微散發白光。鐵之進踩過這片雜草園，走入天然林中。

曾聽說酒醉不改本性這句話。愛喝酒的人很少受傷，因爲就算他們喝得酩酊大醉，還是保有最後一絲理性。

酒醒後，之所以會對自己能平安返家裡感到驚訝，也是因爲醒後腦中已沒有當時的記憶。

夢遊症患者不也是同樣的道理嗎？走起路來飄飄然，看在旁人眼中，他們的行爲危險至極，但夢遊當中仍有理性在運作。不過一覺醒來，腦中卻不留任何記憶。換個角度來想，夢遊症患者或許也算是一種雙重人格吧。

此事暫且擱下，鐵之進依舊踩著輕飄飄的步伐穿過天然林。如前所述，此時雜草還不算長，但地面長滿了低矮的灌木。鐵之進踩踏灌木叢，輕飄飄地從上面走過。從樹叢間透射下的月光，在他白色的睡衣上留下奇異的斑點。

不久，他走出天然林，來到池畔。

我才來到古神家沒幾天，而且這起事件來得突然，所以我常被限制行動，這還是第一次如此深入此地。當我第一眼看到那座湧泉池，那美不勝收的景色馬上令我爲之著迷。光就規模來說，當然無法與井之頭相比，應該也比善福寺的水池小得多，但就幽靜這點來看，則遠勝前兩者。圍繞水池的杉樹林，枝葉交錯，遮空蔽日，水池有一半因這樣而蒙上暗影。而另一半則因爲今日的朦朧月夜，散發出綢緞般的光澤。

這名夢遊症患者來到這裡後，突然放慢步調。他側著頭，若有所思，緩步走在池畔旁。

赤腳底下傳來沙粒的磨擦聲。

吸引鐵之進的東西，似乎就在水池裡。他的視線不斷投向池面，這就是證據。他一面望向池面，一面若有所思地漫步。

不久，他已繞過大半個水池。這時他突然停步，似乎是在沉思。他在想些什麼，我無從得知。很不巧，他現在所在的位置，正好在杉樹下，所以我連他的身影也看不清楚，更別說他的表情了。

過了一秒、兩秒……

蹲在暗處的我，心跳就像撞鐘般急促。我口乾舌燥，舌尖緊抵著上顎。

也許最後什麼事也不會發生。但也可能會發生什麼驚天動地的大事。我全身就像鐵絲一樣緊繃，神經好似鋒利的剃刀般尖銳。

此刻似乎有鯉魚躍離水面，傳來嘩啦一聲，緊接著，和緩的波紋飄蕩，向外擴散，反射出月光的明暗。

那聲音似乎也微微朝鐵之進那沉睡的腦中投射出波紋。他稍稍跨出一步，接著開始邁步而行。

此刻他正好位在水池地勢的最高處。

像葫蘆般中間內凹的水池前方，又有一個小水池。這個水池只有五到十坪大。就像要區隔這兩座水池般，中間架著一座土橋。

鐵之進站上土橋後，再度靜止不動。他眼睛望向小池邊，緊盯不動。在這悄靜的夜裡，傳來淙淙水流聲。

我這才注意到一件事。這第二個水池才是湧泉池。從內湧出的泉水鑽過橋下，注入第一個水池裡。

鐵之進一臉沉思地凝望湧泉，似乎是想到了什麼，接著往回走向橋墩，嘩啦嘩啦地走進水中，儘管下擺浸濕也毫不在乎。

湧泉池水很淺，深度尙不及成人的膝蓋。池底鋪有漂亮的玉川沙石。鐵之進來到湧泉池的最深處。那裡是一座高約一丈的洞溝，溝下有五、六顆拳頭般大的石頭交疊在一起。泉水就是從石頭中湧出。

他逐一搬開石頭，仔細查看石頭底下。

我心跳又開始加快，心臟幾乎就要破胸而出了。鐵之進到底在幹什麼？他搬開石頭，想從底下找些什麼？

驀地，鐵之進微微發出聲音……不，也許是我自己這樣覺得，由於我太過緊張，反而覺得是自己耳鳴，產生錯覺，聽到不存在的聲音。

此事暫且不提，就在我以爲自己聽到鐵之進的聲音時，鐵之進拿起石頭丟進水中，發出嘩啦一聲，接著突然站起身，一路濺起水花，朝我這邊走來。我急忙躲向暗處。

鐵之進仍是踩著輕飄飄的步履，沒有發現躲在暗處的我，就像在雲端上移動似的，就此走過。當他行經我面前時，我偷偷窺望他，但鐵之進的表情毫無變化。

他空洞圓睜的雙眼、微張的雙唇，都是夢遊症患者特有的恍惚神情。

不久，鐵之進飄飄然地穿過天然林，消失無蹤。

我等到再也看不到他的背影後，才從暗處走出。我按捺不住心裡的衝動，想查清楚鐵之進到底在做些什麼。我從橋墩處走進水中。剛從池底噴出的泉水，冷得快把我腳凍僵了，但在強烈好奇心驅使下，我是直到事後才感到冷。

我來到洞溝底下。然後逐一拿起鐵之進剛才搬開的石頭。石頭上覆滿整面青苔，觸感濕滑，非常噁心。

一塊、兩塊，就在我拿起第三塊石頭時。我感覺自己的身體就此化爲石塊。全身的血管凍結成冰，就像肌肉賁張一樣，全身僵硬。事後回想，我當時恐怕連呼吸都忘了。

我在石頭底下發現一顆人頭。由於人頭臉部朝上，所以他圓睜的雙眼就像從暗處瞪視著我。

由於恐怖至極，我當時肯定一度失去意識。我總覺得以前好像多次目睹過這一幕。彷彿有個聲音在我心中低語，說這是一場夢，待會兒你醒來後，一切都會消失。

正因如此，也難怪背後有人靠近，我都沒發現，直到對方伸手搭在我肩上。當時我就像彈開似的，回身而望。我拿起石頭的手並未就此鬆開，這一定是因爲我意識到，如果此時我鬆手，便會壓傷這顆人頭的臉。

伸手搭在我肩上的，是智能不足的四方太。他呼出野獸般沉重的氣息，隔著我的肩膀，窺望石頭底下的東西。他那驚人的蠻力，抓得我肩膀疼痛無比，骨頭像被捏碎般。

「原來仙石他……藏在這裡？」

四方太肯定也跟在鐵之進後頭，只是我完全沒察覺。

「我、我不知道。難道他……」

「不會有錯的，是仙石。是仙石藏在這裡。否則他不可能知道人頭藏在這裡。」

接著他緊盯那顆人頭，突然壓低聲音道：

「這應該是守衛的人頭。」

我現在仍覺得不可思議，如此昏暗，而且人頭已腐爛泰半，爲何四方太可以斷定那是守衛的人頭。

轉換舞臺

古神家的這起命案，有一套極爲巧妙的計畫，那宛如惡魔般的策畫者，同時也兼具小說家的才能。各項發現之間，總保有適當的間隔。當人們開始對這案件感到無趣時，就會有嶄新的發現，爲案情帶來新的刺激。

喜多婆婆的登場便是如此，而此刻發現這顆駭人的頭顱也是。古神家就像暴露在一波又一波侵襲而來的颱風下。當一道颱風離去，大家正爲平安無事暗自慶幸時，緊接著又一道颱風襲來。每次古神家都會大受震撼，連屋子的骨架都差點被吹跑。

我原本只打算將這可怕的發現告訴直記，但四方太是個大嘴巴，攔都攔不住。

他情緒亢奮地大呼小叫，轉眼間，消息已傳遍全家。眾人於黎明時分齊聚在主屋的和室房間，各自陷入焦躁的狀態中。

直記一接獲我的通知，旋即和源造一同前去看那顆人頭。接著他命源造在那裡看守，獨自返回，只見他面色如土，活像死人一般。

鐵之進好像還沒完全清醒，儘管聽四方太提及此事，這名老人似乎還沒了解眞正的恐怖，只是抱著頭，怔怔地望向不知名的方向，不時全身劇烈顫抖。

而平常冷得教人討厭的柳夫人，今天卻顯得莫名的慌亂。眼神游移、緊繃，這使她的表情顯得更加冷峻。感覺她的眼珠突然變大許多，母狐狸般的陰險完全顯露在外。

這時，就只有喜多婆婆冷冷地端坐原地。她雙目微閉，以冷淡卻又辛辣的目光打量眾人的神情。將這位冰若石塊的喜多婆婆擺在這裡，更加突顯出眾人狼狽、慌亂、驚愕。

「鐵之進，是你幹的吧？是你將那顆人頭藏起來的吧？一定是這樣沒錯，否則你怎麼會知道那裡有人頭。鐵之進，人是你殺的。是你殺了守衛。」

四方太就像站在御白州（註二）拿鞭子抽打罪人的衙吏般，神情激動。這個智能不足的男人，想必平時有不少積憤。正因爲他智能不足，才不懂得壓抑情緒，沒考慮後果。

「你這可惡的傢伙、大逆不道的傢伙……披著人皮的畜生、人面獸心，像你這樣的人……像你這樣的人，實在是……」

四方太氣得直跺腳，掄起拳頭，卻遲遲拿不出勇氣揮下。

「怎樣！怎樣！你那什麼臉……就算你瞪我，我也不怕。誰怕你啊。守衛算是你的主子耶。謀殺主子，可是要處以倒吊的逆磔（註二）之刑呢。你根本不是人！」

不管他怎麼說，鐵之進始終默不作聲。他只是不時側頭，一臉想從憶海中探尋記憶的神情。

「仙石。」我轉頭望向直記，「那顆人頭……真的是守衛嗎？」

直記臉色凝重地點頭。

「這麼說來，遭殺害的人果然是守衛嘍。那麼，蜂屋那傢伙到底怎麼了？」

「根本就沒有蜂屋這個人。蜂屋這個男人，和這起事件一點關係都沒有。」

這時，房間角落突然傳來一個尖銳的聲音。是喜多婆婆。

喜多婆婆的目光利如尖針，從半閉的眼皮下射向鐵之進、柳夫人，以及直記。

「蜂屋不過就是個稻草人。像是爲了擾亂案件，而特別登場的丑角。全都是你們爲了殺害守衛所安排的。鐵之進、阿柳、直記，是你們三人合謀殺了守衛。我很清楚。打從一開始，我就知道你們的詭計。」

喜多婆婆的情緒激昂，但並未顯現在說話的語調中。她聲音雖然尖銳，卻保有冷靜，字字句句都鏗鏘有力，就像在宣判似的。正因如此，這名老太婆的驚人氣勢，彷彿滲入在場每

註一——御白州：日本古代審問犯人的場所。

註二——逆磔：日本武家時代的極刑，將犯人倒吊刺死。

個人的骨髓深處。

「爹！」

直記很想不去理會喜多婆婆說的話。不過，那些話如同鯁在喉頭的魚刺一般難以忽視。

「你爲什麼會去看那座水池呢？難道你之前就知道那裡有這麼可怕的東西嗎？」

鐵之進羞愧地頻頻眨眼。

「我不知道……我什麼都不記得。我眞的去過那個水池嗎？」

「鐵之進，你想打馬虎眼，是吧？這麼做是沒用的。並不是只有我看到你拿起水池裡的石頭哦。現場的這位叫什麼來著……哦，屋代先生，屋代先生也親眼目睹了。你裝蒜也沒用。最有力的證據就是你的睡衣。你看你的下擺，那濕答答的下擺。那就是你走進水池裡的鐵證。」四方太拍著膝蓋大叫道。

「爹，這些是你發病時發生的，也難怪你毫無印象。但是，在你夢遊過程中翻動的石堆下，正巧藏著一顆人頭，這未免也太湊巧了。爹，你會不會是之前就認爲那裡可能藏有人頭？」

鐵之進似乎仍處於思緒混亂中，頻頻眨眼。

「其實，我前陣子一直在想這件事。我生性不愛讓人看到自己慌亂的模樣。所以事件發生後，我盡可能保持冷靜，但我畢竟只是普通人，發生了那樣的事，還是令我大受打擊。日夜都牽掛著那起案件，以及那具無頭男屍。兇手到底把頭顱拿去哪了？把它藏在哪了？我一直思索這個問題。一想再想。像人頭這麼駭人的東西，兇手不可能帶著它走多遠。再說，這座宅邸占地寬廣，多的是地方可以藏匿。到處都能藏。兇手肯定是將人頭藏在宅邸內的某處。我心裡是這麼想的……」

這時，鐵之進停下來喘口氣。

「既然這樣，兇手會把頭藏在哪？要思索這個問題，最好先讓自己站在兇手的立場。不，是試著去思考，如果我是兇手，會把它藏在哪？多得是地方可以藏。不過，我想到的地方，警方都已經調查過了。儘管展開調查，還是查無所獲，所以不在那些地方。最後我想到的是那些石頭底下。我以前就知道在那沉重的石堆下，有個像空洞般的凹陷處。那孔洞的大小，正好可以放進一顆人頭。如果藏那裡就有意思了，人頭最適合藏在那裡。而且警方應該也不會搬開石頭來檢查。」

鐵之進就像喘不過氣來似的，說到這裡又停頓了一會兒。

「一想到這，我還有點沾沾自喜，覺得自己知道一個沒人知道的絕佳藏匿處，對此得意洋洋。但這全是我在亂想而已，自己也感到幼稚，所以一直沒去實地查看。因爲除了我之外，應該沒人知道石頭底下有凹洞的事，兇手更不可能知道，一想到這點，我就覺得自己的想法很蠢，壓根兒沒想去查個清楚。不過這個念頭卻一直惦記在心上……後方水池的石頭底下……後方水池的石頭底下……這句話一直在我耳畔迴響。今天我之所以會發病，而獨自前往該處，應該就是這個緣故。不過……人頭眞的藏在那裡嗎……這是眞的嗎？不是在騙我吧？」

「是眞的！當然是眞的！人頭是你藏的，你自己又跑去看。那顆人頭就放在石頭底下。」四方太又大聲嚷嚷。

「這就叫作不打自招。鐵之進，你剛才怎麼說？你說只有你知道石頭底下有個凹洞。照這樣來看，會把人頭藏在那裡的，也就只有你了。不是你還會有誰？」繼四方太的高聲大叫後，喜多婆婆以意有所指的口吻緩緩說道。

當她說完時，四周頓時鴉雀無聲。

這時，阿藤走了進來。

「小……」阿藤惴惴不安地環視眾人，「小姐不見了……」

「小代不見了？」直記爲之一震，轉過頭去。

「是的，小姐的枕頭邊放著這個東西……」

阿藤遞出一個桃紅色的信封，直記一把搶了過來。

是八千代留的信，信上內容如下。

我要逃離這裡。反正也沒人會相信我說的話。不，不只是別人不相信我，連我也快要不相信我自己了。我要逃離這裡，把自己藏起來。請你們不要來找我，就算找我也沒用。

——八千代

直記和我不禁互看一眼。

八千代逃走了。而古神家的殺人事件也就此轉換舞臺，移至古神家的舊領地——岡山縣的山間村落。

3 CHAPTER

第三章

金田一耕助登場

金田一耕助登場

姬新線是從「姬路」（註一）通往伯備線「新見」（註二）的一條地方鐵路。伯備線則是連接東日本「岡山」與西日本「米子」的鐵路，而新見大約是伯備線的中間站。因此，與其說姬新線貫穿岡山縣中部，不如說它是繞著北部山麓地帶橫斷整個岡山縣來得精準。

我從姬路換乘姬新線那天，是陽光耀眼的五月六日。轉眼間三、四月就過去了，告別了春天，沿途的綠意也益發蓊鬱。

這段時間真是短暫又匆促，距離古神家的那起恐怖凶殺案，已經過了將近兩個月。回想起來，事件發生時，還是未傳花訊的初春三月，當時我去到東京西郊小金井的古神家中，在那個陰慘的洋房裡，發現了那具駭人的無頭男屍。

現在我只要闔上雙眼，那渾身是血的駝背屍體仍會清楚地浮現眼中。然後各種奇怪事件

註一——姬路：位於日本兵庫縣。
註二——新見：位於日本岡山縣。

接連發生以及揭露，它們全都化爲鮮明的畫面，顯影在我腦中的底片上。每一幕都是令人血液凝結、膽戰心驚的殘酷畫面。最後登場的，是那顆人頭的發現，以及八千代的失蹤……古神家的殺人事件似乎就此達到了高潮。

報上就像捅了馬蜂窩般，開始大炒新聞。檢察官爲之又急又氣。位於小金井的古神一家，化爲隨這陣旋風飄蕩的樹葉，受盡世人懷疑的目光，一家人的祕密全被攤在陽光下。

但結果如何呢？只能說什麼結果也沒有。儘管檢方用盡一切努力，但八千代仍舊杳然無蹤，蜂屋小市也沒任何消息。

蜂屋小市……沒錯。既然證實那具無頭男屍是守衛，蜂屋小市自然就還活在這世上。警方似乎也重新開始追查蜂屋，但始終徒勞無功。

蜂屋小市……一個宛如海市蜃樓般的男人。以怪異的風格崛起於戰後的畫壇，引發不少風波，最後則捲入這起殺人事件中。而他的過去始終成謎，如同被迷霧包圍一般，沒人知道他戰前家住何處，從事過什麼職業。猶如飄浮水上的無根浮萍，若說水面上是戰後的蜂屋，他帶著極其強烈的風格，深植世人腦中，但是水面下的部分，卻是一片模糊，無從捉摸，只是神祕地隨波搖曳。

因此，世人懷疑的目光突然全往這個怪人身上投注。蜂屋眞的是駝背嗎？他該不會是爲了迎合戰後標新立異的風潮，而刻意如此打扮吧？如今他殺死守衛，會不會已卸下那容易引人注意的裝扮，神色自若地度日呢？還有八千代，雖然尚不至於說她是共犯，但她會不會知道殺害守衛的人是蜂屋，而在和蜂屋互相了解的情況下，前去投靠他呢……以上是當時的社會輿論。知道八千代個性放蕩不羈的人，大致都能接受這種說法。

不過，我對這樣的說法並不滿意。我可以認同八千代和蜂屋之間，或許眞的深深地互相了解，遠超乎兩人表面的情誼。

可是，蜂屋爲何要殺害守衛？難道是因爲那天的爭執，讓他一時怒不可抑，而痛下殺手嗎？

不、不、不，我不認爲這起事件這麼單純。

首先是屍體的身分，眾人一度將蜂屋與守衛兩人搞混，這只是湊巧嗎？兩人都是駝子，而且不爲人知的大腿傷痕又極度相似。眞有這麼巧合嗎？

不！不！不！我從中感覺到難以言喻的內情，既黑暗又神祕。一樁以惡魔的智慧構思而成，詭譎又綿密的計畫……

先不談此事，話說古神家的殺人事件，進行到這裡突然一切全停了下來。就像正好來到高潮時突然中斷的影片般，對相關人士來說，實在是焦躁難安，是教人無法平靜的中場休息時間。而一開始像浪潮般喧騰一時的輿論，也隨著時間慢慢平息，最後只留下一股淡茶色的空虛。

直記的父親仙石鐵之進，就是在這時候提議說要返回家鄉。不過我聽直記說，這並非今年特例，鐵之進其實每年返鄉一次。因爲古神家留在老家的龐大財產要加以管理，需要不時下達指示，或是加以監督。他還會順便留在老家避暑，雖然是每年夏天都會做的事，但今年略微提早，他提議四月底便要動身前往。

由於考慮到輿論，直記也曾加以勸阻。但鐵之進似乎就是因爲輿論的壓力，才想早日逃離東京。雖然不知道他是如何取得警方的同意，不過，最後他還是在四月二十日離開東京。一行人除了鐵之進外，還有柳夫人和四方太。但過沒多久，鐵之進叫女傭阿藤也過去。因爲讓阿藤獨自前往會有危險，所以直記親自帶她前去。

但直記回來後告訴我：

「那地方比我想像中來得好。光是聽不到輿論雜音這點，就已經很棒了。如何，寅兄，你要不要也一起去？我今年夏天打算在那裡避暑。」

我以刺探的眼神打量直記。

「可是……這起案件怎麼辦？如果這麼做的話，人們會覺得我們是集體逃難呢。」

「坦白說，確實是逃難。哈哈哈，管它世人怎麼想，我都不在乎。我已經受夠這起案件了。」

「可是，要是你們不在這裡的期間，八千代回來的話……」

「她怎麼可能回來！寅兄，難道你以爲八千代還活著嗎？八千代這個女人絕對無法忍受那種不自由的生活。就算她再怎麼迷戀蜂屋……雖然這點令人質疑……像她這種好打扮的女人，絕不可能遠離俗世隱居深山。她很快就會受不了，最後不管有多危險，她都會厚著臉皮回來。她就是這麼不懂得認清情勢的女人。但她一直沒回來，從這點來看，她恐怕……」

「你的意思是，她已經死了？也就是和蜂屋一起殉情嘍？」

「可能是死了，要不就是被殺害……」

我心頭一震，不禁重新端詳直記。

「被殺害？被誰？」

「這還有用說嗎？當然是蜂屋。八千代是個傻瓜。品味異於常人。起初她應該是覺得蜂屋背後的肉瘤很迷人，想要嘗鮮吧，但是當蜂屋成爲殺人兇手後，她便眞心迷戀上他。蜂屋在她眼中成了英雄。八千代就是這樣的女人，根本毫無道德可言。她這人壓根兒就沒有世俗的道德觀念，所以才會跟著蜂屋跑，遭到殺害。」

「嗯……」

我並不完全認同直記的說法，但八千代至今行蹤仍舊成謎，也難怪他會有這種想法。我感覺心窩就像被人塞滿了沙子般，無比沉悶。

「八千代離家時，身上帶了多少錢？」

「這我哪知道。我老爸對這種事向來馬虎。像幾百、幾千萬這種大錢，他會控管，但是我們當零花用的小錢，他向來都很大方。一旦超出大方的界限，就叫放任了。多虧這樣，幫了我一個大忙，不過八千代的用錢方式，遠非我所能比，連出去買個東西，她手提包裡也要帶個十萬圓才夠。對蜂屋來說，她可是帶了一大筆陪嫁金呢。一個帶著嫁妝前去送死的新娘……可惡！」

直記說到這裡，表情凝重，接著一臉無趣地伸了個懶腰。

「好了，不談這個。對了，你到底要不要跟我去？」

「我去好嗎？」

我故意緩緩如此說道，刺探地朝直記臉上打量。直記詫異地望著我，接著露出他那毒辣的冷笑。

「搞什麼，學人家擺什麼架子嘛。不想去就算了……雖然很想對你這麼說，但老實講，我還是希望你來，因爲我會寂寞。坦白說，要我整天面對我老爸和阿柳，時間眞難熬。如果不能偶爾捉弄你，逗你生氣，我便覺得渾身不對勁。這是我的不良嗜好。雖然是不良嗜好，但你也要負一半責任。喂，你一直不講話，我怎麼知道你在想什麼。你到底來不來啊？啐，你寫的那種三流小說，拿去給鬼看吧。反正也賺不了什麼錢啊。」

每次都是這樣，只要直記對我提出這樣的要求，我最後總是無法說不。

「很好，這樣才像你嘛。這種情況應該怎麼說好呢？對了，應該說不愧是我最親愛的寅兄。哈哈哈，眞噁心……」

直記喜上眉梢，本以爲他馬上就要帶我一起去，結果沒想到……

「就這麼辦吧。我明晚出發，車票已經買好了。你過兩、三天再來。只要你打通電報給我，我就會去車站接你。我？我明晚八點出發啊。沒關係，你大可不必來送我。因爲我還不知道是不是從東京車站搭車呢。」

當時的直記爲何顯得那麼慌張？我又沒說要去送行。但從前後的關係來看，他之所以那麼慌張，也許是因爲覺得我會去送行。但就算我去送行，對他又會造成什麼不便？

我想不透，一頭霧水。我只知道直記也有事瞞我，而且我不能對他明說。

此事暫且擱下，話說，我比直記晚四天離開東京。現在的我正坐在姬新線列車上。

也許是有預感吧，打從我自東京啓程的那一刻起，便覺得這趟旅程一定不會一帆風順。凡事有始必有終。如此可怕的案件，我不認爲它會就此草草結束。搞不好會在這次的旅行中上演終幕。

我突然覺得彷如冷水淋身，打了個寒顫，從沒完沒了的冥想中清醒過來。我的視線從窗外移回車內，環視周遭。這時，有名男子正好與我四目交接。

此人年約三十四、五歲，有一張隨處可見的平凡臉孔。因列車擁擠而變得皺巴巴的嗶嘰布和服，搭上年代久遠的老舊裙褲，略顯骯髒的軟帽底下，露出蓬頭亂髮。那模樣實在一點都不稱頭。而且他個頭矮小，相貌平凡，甚至可說是平凡過了頭，簡直就是一臉窮酸。我對他的第一眼印象，還以爲是鄉公所裡的書記。

不過，這名男子的眼神令人在意。他渾身上下，就屬那對眼瞳最爲清澈明亮。不只清澈，還蘊含智慧的光芒，甚至微帶一絲暖意，一點都不給人冰冷之感，顯得沉著冷靜。

當我和他四目交接時，男子似乎想對我微笑，但在那之前，我搶先一步移開目光。隔了一會兒，當我又望向他時，男子頭往後靠，靜靜闔上眼。我也就此忘了他的事。

約莫一個小時後，列車抵達目的地K站，人來人往的此刻，比想像中來得熱鬧許多。我混在數名旅客中，走出驗票口，直記果然已依約在外等候。雖然平時直記很惹人厭，但此時看到他，卻很開心。可能是我不習慣旅行的緣故吧。

「嗨。」

「嗨。」

「你可來了。」

「我來了。這地方可眞是折騰人啊。雖然這樣說祖先這塊土地，有點不好意思。」

「說什麼傻話。這麼點小事就大驚小怪，那你接下來可怎麼辦啊。」

「難道你的老家比這裡更令人驚訝嗎？」

「沒錯。接下來還要往裡走十二公里遠呢。」

「十二公里？喂，接下來還要走十二公里啊？」

我擔心地環視四周。這裡似乎有腳踏車通行，但沒看到馬車，當然更不會有摩托車。

「別說傻話了。我們又不是鄉下人，哪能走得了十二公里的長路。我已爲你用心準備了牛車。」

我順著直記手指的方向望去，果然有一輛牛車，上頭插著臨時準備的大洋傘，在車站外頭等候。

「要坐那個嗎？」

「哈哈哈，不要不好意思嘛。在這一帶，牛車算是很棒的交通工具了。你就當自己搭的是平安時代貴族坐的檳榔毛牛車（註），好好享受吧。」

沒想到直記會說出這般風雅的話。

然而，就在我們準備坐上牛車時……

「冒昧請教一下……」

背後突然傳來一聲叫喚。我轉身回望，是剛才那一臉窮酸樣的男人。

「有什麼事嗎……」

直記一臉納悶地問道。

「你們該不會是要前往鬼首村的古神家吧？」

直記回了一句「沒錯」，男子聞言，笑咪咪地說道：

「那這樣正好。其實我也正要去古神家，如果兩位方便的話，可否讓我一起共乘呢？」

「要到古神家啊？你是……」

我們不禁面面相覷。

「是令尊請我來的。不好意思，你是仙石直記先生，對吧？而這位就是屋代寅太先生

註—檳榔毛牛車：平安時代貴族的乘用車，車廂外用檳榔葉撕成條狀後鋪上，可防風雨日曬。

吧？這是在下的名片……」

這名不可思議的男子遞出名片，上面只寫著「金田一耕助」這五個字。

第二幕

不久，我們三人乘坐的牛車，搖搖晃晃地從車站前出發。走了約兩公里遠，逐漸來到上坡路段，群山從兩側步步逼近。一條溪流行經左邊的山麓。

不久，我們的路便與溪流併行，此刻我們正行駛於高崖上。我往下窺望，發現那高達數丈的溪流底下，到處都是巨岩大石，穿梭於岩縫間的豐沛水量，無聲地往前奔流。也許是走進了山陰處，突然變得清冷許多。

「這條河叫什麼？」

「這裡是旭川的上游。由於今年雨量少，所以這樣的水量算少了。聽說古神家砍下來的木材，要先編成木筏，由旭川順流運送到K鎮，但大家都抱怨今年水量太少，木筏無法順流而下。」

「咦？現在都什麼時代了，還在有人在用河流運送筏木？」

「這也沒辦法。因爲路況不佳，像卡車這種龐然大物，根本開不進來。說到這裡未開發的程度，和江戶時代根本相差無幾。」

「原來如此，走這種路確實很辛苦。」

路面上到處都是裸露的大石頭，牛車一路顛簸前行。很擔心說話一個不小心，便會咬到舌頭。

「沒錯。不過這樣還算好的，要是來一場暴風雨，山崖可能會馬上崩塌，交通立刻停擺。到時候，鬼首村附近的三個村莊將就此與外界隔絕，聽說這種情況每年都會發生一、兩次。」

「哦，眞教人擔心呢。」

我故意誇張地縮起脖子，但雖然我嘴巴上這麼說，卻覺得有話擱在心裡不能直說。而我從剛才便已看出，直記也和我有同樣的心情。不，他甚至比我還要心浮氣躁，因爲半路殺出金田一耕助這個程咬金，令人無法暢所欲言，焦急不已。原本就任性的直記，對此頗爲不悅。打從我在車站前看到直記的那一刻起，便覺得一定有事。直記內心愈是慌亂時，行爲愈是輕佻，且多話。愛逞強的他，每當驚訝、困惑、紛亂的情形愈是嚴重，愈會覺得不該說出心裡的話，反而會故作若無其事之態，盡可能一點一點地透露。而在這之前，一定會呈現浮躁的長舌狀態。打從剛才便一直談論那無關緊要的溪流相關問題，就是典型的例子。

不過，當直記發現這些無關緊要的對話，根本無法安撫他內心的慌亂時，他突然板起了臉，著保持沉默。

金田一耕助這個莫名殺出的程咬金，肯定已察覺出現場的氣氛不對勁，突然在牛車上站起身。

「啊，請讓我在這裡下車。」

「咦？」

「因為我想小解……不用等我沒關係。我想四處走走看看。只要沿著這條路直走就到得了，對吧？」

「沒錯，因為就只有這條路，所以不會走錯路。」

「那麼，我的行李就麻煩兩位了……要是我走累了，會追上你們，再請你們載一程。謝啦。」

金田一耕助就此飄然下車。然後走向路旁的草叢，開始小解。

我們望著他的背影，驅策牛車前行。叩咚、叩咚，牛車維持同樣緩慢的步調，沿著石子路上坡。兩側山壁的間距愈來愈狹小，空氣也益發冷冽。某處傳來知了的鳴唱。

「那傢伙是何方神聖啊？」

半晌過後，直記忿忿不平地朝金田一耕助留下的行李踢了一腳，語帶不屑地說道：

「你也不認識他？」

「我哪會認識那種人。」

「可是，他剛才說是令尊請他來的。令尊沒提過這件事嗎？」

「我完全不知情。眞是晴天霹靂。我老爸找他來，到底想幹什麼？」

直記顯得有些不安。頻頻啃咬他那修剪整齊的指甲，但我更在意的是直記此刻的心思。

我轉頭往後望，沒看到耕助的身影。接著，我望向牛伕，朝他的方向努了努下巴，悄聲問直記：

「喂，那個人沒問題吧？」

「嗯，他沒問題。喂，阿銀，阿銀。」

直記朗聲叫喚，但牛伕並未回頭，只是一味牽著牛鼻緩緩往前走。

「看到了吧，他耳背。我是特地選他的，因爲我有點事想跟你說。可惡……結果金田一那傢伙跑來亂！」

任性的直記好像對金田一耕助突然跑來攪局的事很不高興。

「是不是發生了什麼事？」

我凝視直記的側臉，不自主地悄聲問道。直記表情凝重地點了點頭。

「那傢伙回來了……」他以極其沙啞的聲音低語。

「咦，誰回來了？」

「還用問，你應該也知道啊！不就是八千代。」

我就像被人用木釘釘進腦門般，大爲吃驚。腦中一片茫然，一時說不出話來。

「仙石，此話當眞？」

直記神情陰沉地頷首。

「這是什麼時候的事？」

「前幾天的事啊，我不是才和你道別，回到這裡沒多久，我抵達鬼首村，是在二號晚上八點左右。因爲牛車半路故障，所以泰半路程都是用走的。我一到家，就馬上泡澡、吃飯，然後回自己房間。這時，我發現那傢伙竟然睡在我床上。」

直記刻意佯裝若無其事地描述，口氣就像是折斷樹枝般冰冷。我感到一股難以言喻的恐懼湧上心頭，牙齒頻頻打顫。

「你家裡的人都不知道她回來了嗎？」

「嗯，好像沒人發現。不過，現在也只有我老爸、柳夫人、女傭阿藤知道。沒告訴其他人。」

「那麼，八千代的情況怎樣？」

「頭兩天不太正常。很惹人厭。簡直就像剛結束發情期的母貓，我陪在她身邊，也看得一肚子火。」

「那現在恢復正常了嗎？」

「嗯，還可以，如果那樣稱得上是正常的話。」

「有沒有什麼奇怪的舉動？」

「說奇怪的話，是很奇怪，不過，若說那是正常現象，似乎也很正常。也就是說，她之前的個性變得更加極端，將她原始的野性，完全顯露了出來。人一旦否定一切，可能就會變成那樣吧。總之，她現在是個麻煩人物。」

「她之前到底去了哪裡？」

「誰知道。就算問她，她也只是冷笑幾聲。我老爸和柳夫人都打算隱瞞她在家裡的事。因爲要是警方追查到這種深山窮谷來，那可教我們吃不消啊。不過，八千代這傢伙早看穿我們的弱點，恣意胡來。她總是挑明著表示，自己早已做好準備，隨時都能公開身分。簡直就是反了！把自己的弱點當武器，反過來威脅我們。雖然覺得她的想法很蠢，卻又拿她沒轍。人們常說這世上總是老實人吃虧，沒想到說得一點都沒錯。」

直記發出恍如有魚刺鯁在喉中般的聲音，毒辣地冷笑著。

「不過，這種情況總不能一直持續下去吧，早晚會被人知道的。」

「說得也是。不過，如果只是被人知道，那倒還好。頂多只是落了個窩藏嫌犯的罪名罷了。我眞正擔心的，是又會引發出什麼可怕的事情。」

「引發出什麼可怕的事情……你有這種感覺嗎？」

直記表情陰沉地頷首。接著突然打了個哆嗦，眼神不安地東張西望，壓低聲音道：

「那傢伙也來了……」

「那傢伙？」

「還不就蜂屋小市。他肯定已追蹤八千代來到這裡。」

我再度宛如腦門被人刺進一根鐵釘般，震驚不已。由於過度驚訝，手腳陡然發麻。

「你說蜂屋也來了！」

「笨蛋，別那麼大聲！」

「你們放走他了嗎？怎麼沒抓住他……」

我不住喘息，接連發問。感覺口中乾渴，舌頭打結。

「傻瓜，才不是。就算他再膽大包天，也不敢光明正大地來我家。我們要是看到他，也絕不會輕易放過他。一定會將他扭送警局。」

「那麼，他來過什麼地方？」

「不知道。我連他現在人在哪裡也不清楚。但他確實來過。村裡有兩、三人見過他。那是前天晚上的事。聽說，他半夜向村外看守水車倉庫的人打聽，想要找通往鬼首村的路。因為他駝背，又披著披風，打著牛仔領帶，所以肯定是他沒錯。接著半小時後，一名在村裡賭博的人輸了錢，在他敗興而歸的途中，遇到同樣那身裝扮的男人。當時他還問古神家的宅邸該怎麼走。那是半夜一點左右的事了。不過……」

「不過怎樣？」

「昨天早上，阿藤跑來找我，全身發抖地說了一件事。說她昨晚三點多起床如廁時，不經意地從廁所窗戶往外看，發現有人從八千代的房間裡走出。阿藤嚇了一跳，定睛細看，發現是一名穿著披風的駝子。儘管天色昏暗看不清長相，但阿藤卻歇斯底里地堅稱那一定是蜂屋，還說不知道小姐有沒有怎樣。於是我也嚇了一跳，趕往八千代的房間查看，但八千代睡得可香甜呢。我看她一副筋疲力竭的淫蕩睡姿，不由得大為光火。我把她搖醒，加以盤問，但她卻還是一樣冷笑。我不予理會，仍繼續逼問，結果她竟然對我說『直記，你是在吃醋嗎？』於是我狠狠賞了她一耳光。這是我有生以來第一次動手打女人。結果八千代突然放聲號啕，哭喊著『殺了我，殺了我，反正過不了多久，我也會被人殺了。』唉，我已經拿她沒辦法了。」

直記一臉頹喪地緊抿雙唇。此時太陽應該還沒下山，但在山峽一帶，已漸顯昏暗。溪流裡傳來河鹿樹蛙的叫聲，但我總覺得那像是從遠方傳來的聲音。

直記茫然地抬起他那蒼白的臉龐。

「寅兄，我問你，這到底是怎麼回事？我老爸、阿柳、四方太，他們回到這裡。接著我和阿藤才剛來這裡，八千代也跟著回來了。然後蜂屋也追著她來到這裡，緊接著你也來了。如果守衛不算的話，登場人物全到齊了。那起事件的第二幕該不會就此展開吧？萬一眞的展開第二幕，到底會發生什麼事？」

「鬼首村就快到了吧？」

突然傳來這聲叫喚，我們為之一怔，從牛車上回頭。只見金田一耕助正拿著帽子擦汗，笑咪咪地抬頭仰望我們。

沒錯，登場人物全到齊了。那起事件的第二幕，也許會在鬼首村展開。不，是一定會。

不過，這回出現了金田一耕助這位新登場人物，他到底會扮演什麼角色？

海勝院的尼姑

此地名爲「鬼首村」。

我不知道當初爲何會取這麼奇特的名字，但聽說在岡山縣這個地方，帶有「鬼」字的地名相當多。據聞是源自四道將軍（註）的事跡。人們傳說，當時與將軍爲敵的叛賊，全被視爲鬼怪，所以應該是有某名叛賊的頭目在這裡被斬首，首級就埋在此處。

這種遠古傳說並不重要，只是我對村名中有個「首」字，感到莫名陰森。因爲意外將我喚回祖先故地的這起事件，正好和首級有很深的關聯。啊，光想就覺得寒毛盡戴。無頭男屍的可怕，以及發現人頭後的那種難以形容的驚悚和噁心，這一切該不會都和村名有什麼關聯吧？

此事姑且不談，當我們進入鬼首村時，令人汗流浹背的初夏豔陽已西落，山丘地帶以北的北鬼首村那一帶，頻頻可望見駭人的閃電從空中劃過。遠方不時傳來隆隆雷聲。

「啊……北方好像正下著好大的雷陣雨。該不會正往這邊靠近吧？」

金田一耕助是個很奇怪的人。不知他是否知道自己對我們造成的妨礙，只見他一副毫不在乎的模樣。像個孩子似的，坐在牛車上雙腳晃呀晃的，凝望北邊的天空。看他這個樣子，眞不懂他到底是厚臉皮，還是爲人和藹可親。

「這沒什麼，既然要下，最好一次下個天翻地覆。因爲今年嚴重乾旱，大家都叫苦連天呢。」直記的口吻帶了點教訓人的意味。

不久，搭載我們的牛車已抵達古神家後門。

古神家的大宅邸位於村子北方的小山丘上，背後有一大片濃密的竹林，與後方的山丘地帶相連。日後我才得知，這座山丘俗稱「陣營遺跡」，昔日古神家的藩邸就位在此處，但明治時代燒毀過一次，後來又加以重建。因此，與當初相比，規模縮水許多。不過，聳立於古老圍牆內的高人杉樹，樹齡高達三百年，算是頗有歷史的一座宅邸。

我們從某個圍有鐵絲網，上頭寫著「古神家後門」，感覺像門前大燈籠的門燈底下走過，接著由小門走進宅內，我發現通往內部玄關這段路上的小屋，都掛有消防鉤、繩梯，以及近來只有在畫中才看得到的竹筒水槍，相當罕見。

註—四道將軍：於《日本書紀》中登場的四位皇族將軍，分別是大彥命、武渟川別命、吉備津彥命、丹波道主命。

「喂、喂。」

直記以粗魯的口吻叫喚金田一耕助。

「你是我老爸的客人，就從那邊進去吧。那裡不是掛著一個像銅鑼的東西嗎？只要敲它一下，就會有人前來接應你。屋代，我們走這邊。」

直記快步朝暗處走去。

「仙石，我不必先向令尊問候一聲嗎？」

「不用了。反正我老爸早喝醉了，明天再跟他問候也行。」

轉過建築的轉角後，眼前是一座芝麻樹的樹籬。走過樹籬的柴門進入中庭時，後方傳來咚的一聲悶響。可能是金田一耕助敲響銅鑼叫門。好陰沉的聲音。

走進中庭後，可以望見防雨窗外的外廊氣窗流洩出明亮的燈光。

「咦？」直記見狀，略微放慢步調，微微蹙眉道，「莫非有人來了？」

「你爲什麼知道？」

「因爲客廳裡點著燈。」

直記突然加快腳步，沿屋外繞了一圈後，唰的一聲，將嵌有玻璃的紙門打開。這裡似乎離浴室不遠，微微傳來洗澡水的氣味，讓長途跋涉，滿身疲憊的我，聞了爲之一振。四下無人，只有一盞昏暗的燈泡垂吊在漆黑的天花板上。

「過來這邊。我時常從這裡進出。」

我們沿著長廊走，不久，來到亮燈的客廳前。直記似乎很在意那名客人的身分，悄悄打開紙門偷看，接著他發出一聲驚呼，然後啪的一聲把門關上。

「啊，少爺……」感覺那名客人站起身，正準備朝這裡走來，而直記則顯得很慌亂。

「請、請等一下。我馬上去換衣服。屋代，到我房間去吧。」直記擋在我和紙門中間，用肩膀頂著我往前走。

我覺得不太對勁。直記剛才打開紙門時，我雖然只瞄了一眼，但我看那名客人好像是尼姑。她頂著顆光頭，身上穿著一件像披風的衣服。感覺是位上了年紀、略微發福的尼姑。

但奇怪的是直記的態度。他好像不想讓我看到這位尼姑，眞是奇怪。直記似乎很信任我，但有些關鍵點，他又不想讓我知道。我驀然想起小金井宅邸裡的那間洋房。聽說直記將一名女子藏匿在那棟洋房裡的一間門窗緊閉的房間裡，那名女子到底是誰？我一直在等直記自己主動向我坦言此事，但他至今對此仍隻字不提，我也賭氣不肯開口問。這個問題如同鯁在喉嚨裡的魚刺，成爲我倆之間的意氣之爭。

「來了一位很特別的客人呢。」

直記帶著我從走廊繞過客廳，來到間隔三個房間遠的寢室後，我刻意如此說道，語帶刺探地望著他。

「嗯。」直記很不高興。

「對方是尼姑，對吧？」

「你看到了?」直記突然變得目光炯炯。

「我是看到了。因爲你打開了紙門……我不能看嗎?」

直記不發一語凝視著我,他也想從我的表情中察看我的心思。

「哈哈哈哈。」驀地,他喉嚨深處發出冷冷的笑聲,接著說,「不是這個意思……是因爲她很囉嗦。」

「什麼?」

「我指的是她會叫我捐獻。鄉下地方,這種事特別麻煩。」

眞的只是這樣嗎?直記會因爲這種小事而如此慌張嗎?況且,若眞只是這樣,根本沒必要躲著不讓我看那位尼姑,但我沒作聲。

這時,傳來一陣輕細又急促的腳步聲,之前見過的阿藤走進房內。

「您回來了,我都沒發現……」阿藤在紙門外問候,「海勝院的師太想見您……」

「嗯,知道了。」

直記語帶不悅地打斷阿藤的話,迅速轉移目光觀察我的神情,若有所思。

「好,那我就和她見個面吧。要是不快點打發她,又會囉嗦個沒完,眞受不了。」他自言自語似地說道。

「阿藤!」

「在。」

「幫屋代準備衣服。還有……燒好洗澡水了吧？」
「是的，現在溫度正剛好。您要入浴嗎？」
「我就不用了，今晚太累了。妳替屋代帶路吧。」
直記顯得有些遺憾，但他似乎更在意客廳裡的事，最後他下定決心，離開了房間。
「阿藤，好久不見。」
「呵呵呵，一直都沒向您問候……歡迎大駕光臨。」
「哎呀，又要給妳添麻煩了。不過妳可真了不起，竟然來到這種深山裡。會不會覺得寂寞？」
阿藤沒有答話，將棉袍疊在浴衣上，並對齊衣襟。
「請更衣吧……」
「謝謝妳。」
阿藤繞到我身後，一面替我更衣，一面說道：
「屋代先生。」
「嗯？」
「寂寞倒是還好，不過，我覺得有點害怕……」
「害怕……？對了，聽說八千代回來了，對吧？」
「您已經知道了？」

「是啊，剛才聽直記說的。還有，聽說蜂屋也在這一帶遊蕩。」

「就是說，所以我心裡更加害怕……屋代先生，會不會又發生什麼可怕的事啊？」

對此，我無法回答。我沒辦法保證絕不會有事發生。但如果我說會，又將嚇著這名年輕女孩。阿藤長得很標緻，當女傭實在有點糟蹋，自從春天那起事件發生後，她變得有些憔悴，增添了幾許淒美韻味，但這樣反而更令人同情。

「八千代住哪裡？住在這棟別房裡嗎？」

「是的，一直都住在這棟別房中的一個房間。」

「整座宅邸可眞大呢。」

「是啊，所以才更教人擔心。因爲空間雖大，人丁卻少，就算發生了什麼事，也沒人知道。」

「主屋和別房都是由妳打點嗎？」

「是的，主屋那邊雖然有之前負責看守的傭人在，但畢竟是鄉下人，所以夫人看不上眼……於是才把我找來。可是自從八千代小姐回來後，我現在也得分身照顧她……」

「因爲八千代的事，不能交給別人去辦吧。那麼，現在還沒人發現八千代的事嗎？」

「是的，好在這座宅邸夠大……不過，八千代小姐，怎麼說好呢……她實在太任性妄爲了。而且還有點自暴自棄，所以不知她會闖出什麼禍來，教人心裡忐忑不安。屋代先生，要是警方知道這件事，我們會有什麼下場？」

阿藤的不安似乎就是這個，流露出泫然欲泣的神情。

「放心，妳不會有事的。一旦有事發生，只要全推給主人就行了。對了，八千代知道我來的事嗎？」

「應該知道吧。少爺今天去接您時，好像曾經說過。」

「她現在在做什麼？」

「不知道，剛才她好像已經上床了。」

「那今晚就看不到她了。」

我感到淡淡的失落。我還不是很了解八千代，只知道她不同於一般人，擁有異常古怪的個性……而我之所以被她這樣的女人吸引，主要就是因爲這點。我認爲，只要揭去她虛假的外皮，裡頭或許只是個普通女人。

「對了，今晚主屋好像有客人，對吧？」

「是的。」

「是什麼人？聽說是仙石的父親邀請來的。」

「是的，這事我也嚇了一跳，從沒聽人說過……我是聽那位客人說，才知道您和直記少爺也到了。你們是一起來的嗎？」

「嗯。那個人到底是何方神聖？他說他叫金田一耕助……」

「這我也不知道。他現在好像正在主屋與老爺談事情……」

我感到心神不寧。直記的父親爲何專程從遠方找來這名男子？和這次的事件又有什麼關聯呢？不過，比起這個，我更想問另一件事。

「對了，剛才那位尼姑，妳說叫海勝院師太……」

「是的，是海勝院的妙照師太。」

「那位妙照師太常來找直記嗎？」

「不，今天第一次來。我也嚇了一跳。她突然跑來說要見直記先生……不知道少爺什麼時候認識那位師太的。他才剛來這裡沒多久啊……」

「海勝院就位在村子裡嗎？」

「不清楚……啊，我想到了，它叫足長海勝院。」

「足長是什麼意思？」

「是隔壁村的村名。這一帶的村子，名字都很奇怪。像鬼首、足長之類的……距離這裡二十公里遠的地方，聽說還有個村子叫手長村呢。」阿藤落寞地笑著。

「足長村海勝院的妙照師太，到底找直記有什麼事？」

「這我也不知道。她只說有事要當面和少爺說。」

這時，直記也從客廳返回，所以我們的交談也就此結束。直記來回往打量我和阿藤。

「你怎麼還沒去洗澡？」他以咄咄逼人的口吻說道。

「因爲我們很久沒見了，聊了起來。那位客人回去了嗎？」

「嗯。」

「這樣啊，那我先去泡個澡了。你呢？」

「不，我就免了。總覺得今晚很累。阿藤，等屋代洗好後，我要和他喝一杯。」

「是。屋代先生，我替您帶路。」

我洗好澡，與直記兩人對酌時，突然一陣驚人的巨響伴隨大雷雨朝我們襲來。事後回想，當時的大雷雨，正是那駭人慘劇第二幕的前奏曲。啊，光想就全身寒毛直豎。那齣血淋淋的慘劇就在此起彼落的閃電、隆隆雷聲，以及滂沱大雨下上演……第二幕即將開演。

情慾交織的光景

當晚……

位於直記房間隔壁，足足有十張榻榻米大的客房，就只有我一個人睡，但我始終無法闔眼。

屋外雷雨大作，像鋒利剃刀般的閃光，不時從防雨窗的縫隙照進屋內。正負電子相互衝撞，爆發出驚人的雷鳴，隆隆聲響拖著長長的尾音，傳遍群山，每次都感覺連地底也隨之搖晃。

由於防雨窗緊閉，空氣沉悶，可以清楚感覺出屋內濕度迅速攀升。就像有條濕毛巾緊緊覆在口鼻上般，教人喘不過氣來，我頻頻在床上翻來覆去。

但那天晚上我之所以會如此難眠，並不全然是大雷雨和濕度的緣故。而是隱隱對可怕的未來有一種預感，好像有什麼東西將朝這裡襲來，預感就像身上長了一根鐵絲般，令我神經緊張。

我就像要從拍打屋簷的滴答雨聲及隆隆雷聲中聽出其他聲音般，屏住呼吸，全神貫注於雙耳。

眞的是我自己想太多了嗎？明明不見得會有事發生，但這種不安和期待卻一味地折磨我的神經。只有我一個人這樣嗎？其他人都能安然入睡嗎？

不，我不這麼認為。不論是睡我隔壁的直記，還是睡在另一頭房間的八千代，應該都無法睡得安穩。他們肯定也和我一樣輾轉反側，心中滿是不安。不，不只直記和八千代，就連直記的父親鐵之進、柳夫人、四方太、阿藤，恐怕也都屏氣斂息，難以入眠。

可是……大家到底在等待什麼？雖然覺得古神家早晚會有事發生，但未必會在今晚發生。唉，看來，我只是因為此時的天候和氣溫而胡思亂想。

我極力將不安從心中驅逐，盡可能保持心神寧靜，努力入睡。但愈是焦急，頭腦愈是清晰，一閉上眼，便有各種古怪的影像浮現腦中。我再也忍受不了這種失眠之苦，轉身趴臥在床，在黑暗中拿起香菸和打火機。

就在這時。

遠方傳來女人的驚叫聲。我矍然一驚，在黑暗中坐起身，又傳來一、兩聲清楚的女人慘叫聲，緊接著，是慌亂的腳步聲和男人的大罵聲。我驚訝地奔向走廊，就在這時，正好與從隔壁房間衝出的直記打了個照面。

「怎、怎麼了？直記，那是什麼聲音？」

「也許是我老爸又發酒瘋了，去看看吧。」

別房到主屋有一條寬約兩公尺的長廊連接。在長廊中央設有一盞像門前大燈籠般的電燈，此時正不斷閃爍，感覺隨時都會熄滅。走廊外還是一樣雷雨交加。

一來到主屋的入口，便看到阿藤步履急促地跑來。

「啊，少爺！」

阿藤一看到我們，馬上氣喘吁吁地說道：

「請快點來。老爺他……老爺他……」

「我老爸他怎麼了？」

「他又多喝了點酒……對柳夫人……」

「啐，又發酒瘋。別管他，阿柳也有點過於狂妄。偶爾讓她吃點苦頭也好。」

「可是，老爺舉刀追著柳夫人跑。柳夫人絕不能稍有閃失啊。您快點來，快想辦法阻止老爺吧！」

「啐，又來了。我老爸也真是的，都年紀一大把了，還這麼會惹麻煩。寅兄，不好意思，你也跟我去吧。」

主屋在一般的外廊中，鋪有人稱「入側」的榻榻米走廊。這其實也沒什麼，是江戶時代大名宅邸所採用的構造。在阿藤的帶領下，我們奔過這條長長的入側，不久便來到柳夫人的寢室前。這間寢室由兩個房間組成，靠外側的房間是化妝間，內側的房間才是寢室，此時內側的房間正傳來鐵之進那牛叫般的怒吼。

「放開我！放開我！四方太，你再不放手，我連你也一起砍哦！」

「別這樣、別這樣，仙石，你聽我說，你先冷靜一下。別、別、別亂來啊……這樣太危險了。」

「我當然知道危險。我就是要斬了這個女人！敢跟我嘔氣……喂，阿柳，妳說話啊！」

但始終沒聽見柳夫人的聲音。我們急忙衝進化妝間，發現他們正在寢室裡演出全武行。鐵之進在厚厚的絲綢被上昂然而立，左手抓住柳夫人的頭髮，右手高舉著那把嚇人的日本刀。四方太正全力抓緊他的右手。

當我看到那一幕時，感到心窩為之一僵，無比恐懼，但另一方面，我又覺得很滑稽，很想笑出聲來。

大家都在演戲！我突然有這種強烈的感受。當然了，他們並不是一開始就打算演這齣戲。鐵之進的憤怒、柳夫人面無表情的恐懼、四方太憨傻的狼狽樣，看起都有相當的眞實感，但眞實感畢竟有其極限。

鐵之進就像「伊勢音頭戀寢刃（註一）」裡的福岡貢，白色睡衣的前襟敞開，大腿和丁字褲完全裸露在外，不論是充血的雙眼，還是全身的皮膚，都充盈著酒氣和怒氣，但他高舉的右手，就算沒有四方太的制止，也完全沒有要往下揮落的意思。被他從後方抓住頭髮的柳夫人，疋田絞染的長襯衣下擺零亂，露出豐滿的乳房和膝蓋，使勁用雙手拉住頭髮，但她也一樣，這時候似乎仍想著自己該怎麼擺姿勢會比較好看。就連那智能不足的四方太也一樣，看起來就像在心裡扮演加古川本藏（註二），對此得意洋洋。我像是在看鄉下野台戲的某個場景，或是某個俗豔的劇場看板般的，噁心得讓人很想吐口水。

「爹，你這是在幹嘛？」

所謂的當頭棒喝，就像這樣。一聽到直記的聲音，鐵之進的身體爲之一震。當鐵之進轉頭望向直記時，他那滿面油光的臉龐就像做鬼臉的小孩一樣扭曲，原本高舉的右手也逐漸虛脫無力。

註一——伊勢音頭戀寢刃：歌舞伎的戲名，裡頭的主角爲福岡貢，當中有揮刀斬人的情節。

註二——加古川本藏：歌舞伎「假名手本忠臣藏」裡登場的人物。忠臣藏裡的烈士主君淺野內匠頭在將軍居城裡揮刀欲砍殺仇人時，就是被加古川本藏從背後架住制止。

「這是幹什麼？瞧你這副模樣，年紀一大把了，不覺得羞愧嗎？這位大叔，快把那把刀收起來。」四方太從鐵之進手中搶下刀後，把它收回掉在地上的刀鞘內。

「直記，這把刀怎麼處理？留在這裡很危險呢。」

「交給我吧。當眞是瘋子配刀，危險極了。寅兄。」

「嗯？」

「這把刀交給你，請你代爲保管。」

「我……？你自己保管不就好了嗎？」

「不，我也沒自信。因爲我身上也流著我老爸的血。也許哪天也會拿著刀砍人。哈哈哈。」

由於他的笑聲很毒辣，所以我不禁望向他。直記就像要避開我的視線般，轉頭望向柳夫人。

「柳夫人，妳也管管他好不好？又不是七、八歲的小孩。」

「可是……」

柳夫人冷冷地平撫衣服的皺痕，梳理零亂的頭髮。她發現自己膝蓋從襯衣底下露出，急忙將下擺拉好。

鐵之進一屁股跌坐在絲綢棉被上，氣喘吁吁。

「哪有什麼好可是的。我老爸發酒瘋的毛病妳應該最清楚了。妳就不能管好他嗎？」

「因爲他和阿藤喝個沒完，喝完後闖進這裡……我不過說了一句『你一身酒臭，我不要』，他就大發雷霆……簡直就像瘋了一樣。眞討厭。」

柳夫人說得若無其事，但我卻聽得全身發癢。因爲柳夫人的聲音給人的感覺，就像一頭母貓撒嬌時，喉嚨發出的低顫聲，全身散發出噁心的色慾。顯而易見地，經過剛才那件事，她的情慾已被挑起，全身的毛細孔皆已打開，正準備迎接該來的情慾享受。

「啐！」

直記就像要吐出什麼穢物般，暗啐一聲。

「喂，寅兄，我們走。大叔，你也來。」

來到走廊後，四太方仍擔心地回頭張望。

「直記，眞的不要緊嗎？放他們兩人不管，不會出什麼亂子嗎？」

他擔心地問道。

「不會有事的。他們兩人也愈來愈麻痺了，如果沒這樣刺激一下，便無法滿足。沒什麼好擔心的。不是有人說，吵完架後，感情會更濃嗎？哈哈哈，是我自己多管閒事。」

也不知四方太是否聽得懂直記的話，只見他呆立在走廊上。

「好啦，用不著擔心。你也回去睡覺吧。阿藤，妳也回房休息。」

「是。」

阿藤關上走廊的紙門時，我轉頭望向裡頭的寢室，發現柳夫人正以風騷的姿態關上裡面的拉門。我又感到一陣燥熱，渾身發癢。

我們和阿藤及四方太分開後，回到原本的別房。這場風波從頭到尾也沒見八千代現身，也許她正睡熟中。

「仙石，這把刀怎麼處理？」

「這個嘛……今晚就先放在你的房間吧。」

「不好吧。」

「不好？為什麼？哪有什麼好不好的。哈哈哈，你以為今天還會發生什麼事嗎？不會再有事了。等明天再來想想看要怎麼處理，今晚你就先代為保管吧。啊，好睏，我要睡了。你也早點睡。」

直記馬上走回自己房間。不得已，我也回客房去，把刀擺在壁龕上，接著鑽進被窩。雷雨仍未止歇。不，非但沒止歇，甚至還變得益發猛烈。我閉上眼，想就此入眠，但剛才柳夫人的姿態激起我的情慾，令我難以成眠。

但過沒多久，白天的疲憊湧現，我開始感到睡意漸濃。不知過了多久，我好像做了個可怕的夢，宛如胸前壓了個千斤重的大石般，張嘴想叫，舌頭卻不聽使喚，手腳想掙扎，卻又動不了，感覺全身熱汗直冒，卯足全力想抵抗這樣的束縛。就在這時，走廊的紙門開啓，有人走了進來。不，是在半夢半醒間，有人走進。對方似乎在黑暗中查探我的呼吸，看我是否熟睡，接著又悄悄離開房間。

過了一會兒，我才掙脫束縛，回歸現實世界。但我還陷在半夢半醒之中，迷迷糊糊地思索剛才是眞有人闖進，還是我自己在夢中的幻想……這時我聽見某處傳來打開防雨窗的聲響，於是我踢開棉被，一躍而起。

接著我打開電燈，望向壁龕。

壁龕上的那把刀已不見蹤影。

龍王瀑布

「喂，仙石，快起來。大事不妙！發生怪事了！」

直記被我叫醒。

「怎麼了？發生什麼事了？」

他似乎也嚇了一跳，從床上彈跳而起。我簡短地告訴他剛才發生的事，直記聽得雙目圓睜。

「什麼？刀不見了？」直記激動地喊道，「好，我們去看看。」旋即走進我的房間。

「原本立放在壁龕上，然後你覺得有人走進來……接著聽到打開防雨窗的聲音，對吧？

先調查看看吧。」

我們來到了之前那位尼姑等候的客廳前。由於一扇防雨窗被打開了，外廊被外頭吹進來的雨水濺濕。

屋外雷雨交加。直記望向空中的閃電。

「請等我一下，我到前面查看。」

直記快步繞過走廊，不久，他一臉蒼白地返回。

「果然沒錯。八千代又發病了。」

「八千代……她不在房裡嗎？」

「嗯，床上沒人，只剩被窩。但仍留有餘溫，從這點來看，她應該還沒離開太久。」

「這麼說來，是八千代把刀拿走的？」

「沒錯。她剛才肯定是看到我老爸惹出的風波。於是又在乎起那把刀，結果發病，從你房間拿走刀，想找地方藏起來……」

「這樣能放著不管她嗎？」

「當然不行，總之，我們快追上去吧。」

我們先返回房間，換上衣服後，飛奔而出。我明白這種滂沱大雨，就算撐傘也沒用，所幸我帶了一件以防水布作成的雨衣。直記也是同樣的裝扮。

外面仍舊下著猛烈的大雷雨，閃電不時劃過天際，映照出屋子、山巒、擺盪的樹梢。震耳欲聾的雷鳴在我們頭頂爆發。

「喂，要去哪裡？」

「先在屋內找找看。」

我們從別房越過樹籬，來到主屋後方時，忽然屋裡傳來叫喚聲。

「咦，發生什麼事了？」

我們嚇了一跳，回身而望，原來是金田一耕助從廁所的窗戶往我們窺望。我和直記不禁互望一眼。

「這麼大的風雨，而且都這麼晚了，你們要去哪裡？」

也難怪金田一耕助會懷疑。但面對他的問題，我們又能怎麼回答呢？因爲八千代的事，除了自家人外，絕不能告訴任何人。

當我們兩人面面相覷時，金田一耕助又說了。

「你們該不會是要追剛才那個女人吧？如果是的話，她好像從那裡往左轉了。」

「咦，這麼說來，你也看到了？」

「是啊，我看到了。剛才我一面上廁所，一面往外看，正好發現一名身穿白衣的女人搖搖晃晃地從窗外走過。於是我趕緊換好衣服趕來，正準備追向前去。請等一下，也讓我一起去吧。」

「喂，我們走吧。」直記突然拉了我的手一把，接著說，「用不著等他。」

我們依照金田一耕助所言，順著路左轉。茂密的杉樹林中，有一扇小小的木門，木門隨風擺盪，頻頻發出碰撞的聲響，照這樣看來，八千代肯定是從這裡往外走。

走出木門就是宅邸的後院，可看見一整片覆滿竹林的山丘。竹林中有一條小路，我們在小路上奔跑。

我們各自帶著手電筒，但天空頻頻有閃電劃過，幾乎用不上。

「小代，小代，妳在哪裡？」

直記邊跑邊把手靠在嘴邊叫喊。但在雷聲、風聲、「嘩啦啦」的雨聲中，叫喊聲一從直記口中拋出，旋即又被掩蓋。就算眞能傳進八千代耳中好了，但她可是個夢遊症患者啊……

穿過竹林山丘後，眼前是一條山路。山上長滿了橡樹、櫟樹，到處都已開墾，梯田上還種植了地瓜。

「到底是跑哪兒去了？」

「我們再繼續往山上找吧。」

順著蜿蜒的小徑往上走時，腳下碰到某個東西。拾起一看，原來是那把刀鞘。我們不禁面面相覷。

「她應該是走這條路沒錯。」

我覺得牙齒打顫。太危險了！一名夢遊症患者拎著離鞘的刀，要是跌倒怎麼辦？

「喂，我們要動作快。」

「嗯，動作要快。」

我們與迎面吹來的風雨對抗，極力加快腳步。防雨帽也完全濕透，水滴像瀑布般從帽簷落下。好一場傾盆大雨。

「喂！」我氣喘吁吁地喚道。

「怎麼了？」

「八千代爲何要帶著刀上山？雖然她是夢遊症患者，但我不認爲她完全沒有意識。不，或許正因爲有潛在意識，才會引發這樣的行動。八千代在睡前，應該是想處理那把刀吧。一定是這念頭化爲潛意識，控制了沉睡中的她。若眞是這樣，她到底打算怎樣處理那把刀？」

「我也正在思考這個問題……也許她的目的地是龍王瀑布。」

「龍王瀑布？」

「這座山裡面有一座大瀑布。當地人稱之爲龍王瀑布。我只來過一次，至於八千代，她在回老家之前，好像曾在那一帶遊蕩。因爲她曾和我提過瀑布的事，所以我想，她該不會是打算把刀丟進瀑布裡吧？」

「順著這條路走，就能到達龍王瀑布嗎？」

「到得了。你看，流經這個谷底的河水，就是從瀑布流下來的。」

不知不覺間，我們已來到谿谷深處。谿谷底下傳來河水沖刷岩石的隆隆水聲。我們不斷奔跑，奔過谿谷旁的小路，不久，直記大叫一聲，就此停步。

「怎、怎麼了？」

「八千代……」

「八千代……你看到她了嗎？」

「嗯，剛才不是亮了一下嗎？那時我看到八千代出現在前面……啊！」

這時就像鎂光燈閃動似的，又一道閃光掃過，這次我也清楚看見了。前方五、六百公尺遠的山路上，八千代踩著宛如漫步在雲端的步伐，飄然走過。而且手中還拎著刀……

「喂，動作快！」

「好。」

閃電消失後，四周又暗得宛如塗上黑漆一般。傳來一陣轟隆雷鳴、呼嘯風聲、群樹號泣的嘈雜聲、滂沱豪雨的嘩啦聲，當中並摻雜著谿流水聲，演奏出一部澎湃的交響曲，壓迫著我的耳膜。

我們全力飛奔，但過沒多久，我發現底下傳來「喂、喂」的叫喚。

「可惡，是金田一耕助那傢伙。」

「他到底是何方神聖？眞是好管閒事。」

「我不知道他是什麼來歷。不過，要是被他逮到可就麻煩了。我們得趁他趕到前，把八千代藏起來。」

「龍王瀑布還沒到嗎？」

「就快到了。如果是白天的話，從這裡就看得到瀑布。」

就在我們抬頭仰望時，突然又一道閃電照亮下界，而就在這時——

「啊！」我們恍如身子被釘住般，杵在原地。

「喂……」握住我手腕的直記，他的手冷若寒冰。在黑暗中仍可清楚感覺到，他的牙齒打顫，全身像置身暴風中的樹葉般顫抖。

「你看到了嗎？」

「嗯，看到了。」我也因爲極度驚駭，舌頭緊抵著上顎。

「是蜂屋，對吧？」

「嗯……雖然沒看清楚長相，不過……」

「他拎著那把刀。」

「嗯，他該不會把八千代……」

我因爲過度驚恐，遲遲無法接話。感覺就像有千斤重擔壓在心頭上。

剛才閃電劃過的瞬間，我們看到不像這世上該有的恐怖身影。有名男子站在瀑布的巨石上。男子就像蝙蝠般，他的披風袖子隨風翻飛，右手揮舞著刀子。雨水宛如瀑布般，從他身上傾瀉而下。由於頭戴寬帽簷的帽子，看不清他的臉，但他有個不會讓人錯認的特徵，那就是背上的肉瘤。

他是個駝子，是蜂屋小市。

在黑暗中，我們像石像般佇立。這時，傳來一陣女人的尖叫聲，撕裂了周遭的黑暗。是八千代，她在求救。

「怎、怎、怎麼回事？前方的巨岩上好像站著一名奇怪的男人。」

我們驚訝地轉頭。金田一耕助的臉龐隱隱浮現在手電筒的光芒中。

這時，再度從黑暗深處傳來一聲女人的尖叫。

「我們走吧。肯定發生什麼事了。快點！」

金田一耕助在和服外披了一件像雨衣的東西，向前奔去。

我和直記這才回過神來，隨後跟上。

之後還是頻頻有閃電劃過，但一直都沒再看到蜂屋小市和八千代的身影。

交錯的雷光、呼號的狂風、瀑布的隆隆水聲、彷彿會將石頭和樹木都沖走的豪雨……我感覺就像目睹了某個地獄圖景般。不久，我們已來到瀑布上的巨岩處。但眼前空無一人，沒看到蜂屋和八千代。

「小代，小代……」

我也跟著直記叫喊。

但始終沒有得到回答，我們的叫喊聲盡掩於狂風中。

「找找看吧。我們分頭找看看。」

金田一耕助的臉色既蒼白又緊張。與先前那笑咪咪的模樣截然不同，看得出他正在思索些什麼。

「好，寅兄，你去那邊找。我找這邊。」

「那麼，我去那邊找看看。」金田一耕助道。

但直記似乎完全無視於他的存在。

「寅兄，你可要小心一點哦。對方手中握有大刀，要是在黑暗中挨上一刀，那可就死定了。」直記的聲音聽起來帶有一點嘲諷的口吻。但我不以為意，默默往他指示的方向走去。

這時我才知道，當恐懼超越極限時，會進入一種虛無的狀態。我帶著宛如虛脫般的空洞靈魂，踩著機器人似的機械式步伐，朝瀑布上方的谿流走去。

瀑布上方有條很寬闊的谿流，兩側高山層疊。因為今晚的這場豪雨，谿流形成驚人的漩渦。我們兵分三路尋找，很快便看不到彼此的身影。

接著，我漫無目的地在豪雨中徘徊了約三十分鐘之久，心中不禁閃過一個念頭，覺得自己好蠢，這麼做是為了什麼？

我幾乎已不奢望能再見到完好的八千代。

手中拎著日本刀的蜂屋……那陣尖叫……令我在腦中幻想著八千代一身是血，命喪血泊中的模樣，更加覺得自己此時像在演荒謬劇，愚蠢至極。

接著，我的幻想成眞。

我驀然聽見叫喚我和直記的聲音。聽起來是金田一耕助。從他的語調判斷，似乎已發現了什麼。我急忙往聲音傳來的方向走去，在瀑布上方的巨岩和直記相遇。

聲音是從瀑布底端傳來。我們兩人互望一眼，接著不發一語地走下險峻的山崖。

來到瀑布底端後，發現金田一耕助像石像般呆立原地。他濕透的衣服，隨風翻飛，看起來好似全身在顫抖。不，也許金田一耕助眞的在發抖。

「怎、怎麼了？」直記的聲音無比沙啞。

金田一耕助緩緩轉頭望向我們。臉上沒任何表情。那是近乎虛無的臉色。

接著金田一耕助將手電筒的燈光照向前方。

我們倒抽一口氣，急忙也跟著將手電筒照向同樣的方向。

離我們所站的岩石約五公尺遠的地方，有一顆從瀑布底下突出的巨岩，八千代就像撞向它似的，躺臥其上。她身穿白色睡衣……但竟然沒有人頭。

駝子的肉瘤

八千代的頭被砍下，兇手拿走她的頭顱。她的頭顱始終沒找到。不管兇手把頭顱藏在何處，一定就在這座深山裡，想要找回來，就像從海岸的沙粒中尋找鑽石般。根本就不可能。

不過話說回來，兇手爲何兩度砍下被害人的頭顱？難道光是殺人還不滿足？砍下對方的人頭帶走，一定有相當的理由。莫非他是人頭收藏家？

砍下頭顱帶走，可能是兩個動機。

動機一，就像以前的武士一樣，帶回敵人的首級，供奉在父親的墳前。但是就這起案件的情況來看，不太可能是這種動機。事實上，第一名被害者守衛的人頭，之後在水池裡被人發現。

動機二，兇手砍下被害者的頭顱，想藉此混淆被害者的身分。這是偵探小說中最常採用的詭計，但這起案件似乎也不符合這個動機。

以第一起案件的情況來說，起初我們都滿心以爲被害人是蜂屋小市，懷疑隱藏行蹤的守衛是兇手。

之後在水池裡發現守衛的頭顱，才推翻這項說法，不過，要是沒發現那顆人頭，我們肯定至今仍堅信受害人是蜂屋，而懷疑守衛是兇手。

然而……

這次的案件又是如何呢？這次的案件也會和第一個案件一樣，被兇手的詭計所玩弄嗎？有沒有可能死者不是八千代，而是其他女人呢？但如果是其他女人，又會是誰？可以充當八千代的替身，而且年紀與體形皆相仿的女人……在這次的案件中，我們根本從未見過這樣的女人。

不，就算我們沒見過，但兇手要找出這樣的替身，或許不難。不，我們知道的愈少，對兇手愈有利。找來和這起案件完全無關的人當替身，這麼一來，詭計就不容易被人識破。

想到這裡，我突然爲之一驚。因極度恐懼而打顫。因爲過於害怕，全身顫抖不停，久久不能自已。

唉，我到底在胡思亂想些什麼，那具屍體確實穿著八千代的睡衣啊。而且在我們發現屍體前，八千代也確實穿著它。若眞是我所想的那樣，八千代不就得自己脫下睡衣，將它穿在屍體身上？只要八千代沒被殺害的話……

我很難相信八千代已遭到殺害。因爲就算兇手再怎麼凶狠，身手再怎麼敏捷，也不太可能在那短暫的瞬間一次殺害兩個女人。

唉，這麼一來，八千代不就成了兇手，或是共犯嗎？沒錯，八千代是共犯。

不管八千代的個性有多古怪，但我實在無法想像她會做出如此凶殘的犯行。主嫌另有其人，八千代是從旁協助……一這麼想，之前始終想不透的許多疑點，都可以得到合理的解釋。

這次的案件也一樣，其實也是爲了讓八千代的身分從這世上消失，所特別安排的詭計。八千代被視爲那起命案的重大嫌疑犯和證人，警方正嚴密追查她的下落。爲了躲避警方，乾脆僞裝自己已死，可說是最安全的方法。然後再以另一個人的身分重新生活，還能朝被蒙在鼓裡的人們做鬼臉。

然而，若是這樣，主嫌又會是誰？不用說也知道，當然是蜂屋小市。事實上，昨晚打雷的瞬間，我不就看到蜂屋了嗎？當然了，我並未看清楚他的長相。但若不是蜂屋，又有誰是那副難看的模樣。沒錯，這一切都是蜂屋與八千代聯手設下的陰謀。

當然，光這樣解釋，還有很多未解的謎團。仍有些細節兜不攏。但我覺得，至少這比想作是蜂屋獨自犯案，更接近謎題的核心。

八千代是共犯……這齣血淋淋的荒謬劇，她也摻了一腳。

我因爲心生恐懼，全身雞皮疙瘩直冒。爲了想辦法消除這可怕的想法，我極力從自己的假設中找尋不合理之處。但這個想法至少比之前在黑暗中摸索的階段，又更向前邁進了一步，這是可以確定的事。

「你在想什麼？」背後突然傳來一聲叫喚，我嚇了一跳，回身而望。金田一耕助就站在我面前。

我一時說不出話來。由於我想得過於深入，一時腦筋切換不過來。

我急忙以手帕擦拭額頭上的涔涔汗水。我那宛如惡夢般的想法，令我全身直冒冷汗。

「啊，不，我……」

「你很專心在想事情呢，我從剛才就一直在觀察你。」

我登時感到惱火。他像間諜一樣在監視我的一舉一動，是嗎？

金田一耕助或許是察覺到我臉上流露不悅之色。

「我並不是在監視你。其實我想出聲叫你，一直在等機會。但因爲你想得很專心，所以我便在一旁觀察了起來。希望你別介意。」

「不，我沒介意……你那邊情況怎樣？」

「正在調查中。」

「直記在做什麼？」

「仙石先生應該很難抽身吧。畢竟他是關鍵人物……」

天一亮，附近城鎮的警察立即趕至，那煞有其事的模樣，在鬼首村引發不小的騷動。不同於都市，這種鄉下地方向來生活單純。凶殺案件往往數年或數十年才有一次。就算是凶殺案，案件的動機和犯行也都極爲單純，幾乎沒有查不出兇手的的複雜案件。

所以這次遇上這種殺人並砍下首級，而且不清楚兇手爲何人的離奇案件，也難怪這些單純的鄉下人個個嚇得面如白蠟。

「雖說是關鍵人物，但直記不是什麼也不知道嗎？」

「話是這樣說沒錯，但他光是藏匿八千代這件事，就得擔負相當大的責任。」

「可是，八千代在這裡的事，我也知道啊。」

「你是昨晚到這裡後才知道的吧？所以你有脫罪的藉口。但仙石先生可沒任何推託之詞了。」

「這麼說來，他正接受嚴格的偵訊嘍？」

「應該是吧。」金田一耕助一臉笑咪咪地回覆。

古神家與仙石家的相關人員，現在全聚集在主屋，正接受偵辦人員的嚴密偵訊。我當然也接受了大致的調查，但由於我和古神家沒有深厚的關係，再加上我是昨晚才初來乍到，所以偵辦人員對我沒什麼興趣，大致調查過我的身分後，便命我在別房等候。

「屋代先生，我接下來要再去龍王瀑布一趟，在那一帶仔細調查，你要不要也跟我一起去？」

「要我跟你去？可是我被下了禁足令呢……」

「放心吧，我已經跟警方說過了，偵辦人員已經同意。我很需要像你這樣的助手。」

我大吃一驚，重新端詳金田一耕助。他笑咪咪地對我說道：

「哈哈哈，看來，你還不知道我的身分吧？其實我是受仙石先生……應該是說，我是受他父親仙石鐵之進的委託，前來調查這起事件。」

我更加驚詫了，重新往他臉上打量。

「調查這起事件？這麼說來，你是……」

「沒錯。我就像私家偵探一樣。也就是說，我可沒那麼差勁哦。哈哈哈。」

金田一耕助喜孜孜地伸手搔著他那顆鳥窩頭。

我爲之一怔，半晌說不出話來。他是私家偵探？這名首如飛蓬、其貌不揚、一臉窮酸，還外帶口吃的男子，竟然是私家偵探！不，每個人要選擇何種職業，是他的自由。因此，這個人立志要當一名私家偵探，結果不論是成功還是失敗，都是他自己的決定，但直記的父親竟然會找這種人來查案，我不禁懷疑他是否老糊塗了。

我很瞧不起金田一耕助，但同時卻又對他感到好奇，想見識一下他有何等能耐。

「這樣啊。原來如此，眞是失敬失敬。在下不才，若能當你的助手，實在光榮備至。有事請儘管吩咐。」

我表示出謙遜的態度後，這名口吃偵探便得意忘形了起來。

「哎呀，能、能聽你這麼說，眞、眞是太好了。因、因爲你從這起事件一開始，就是案情的關係人，但又是局外人。而且你是作家……還是偵探小說家，看事情的眼光一定與別人不同。能得到像你這樣的助手，眞、眞是太謝天謝地了。」

他在胡說些什麼？我強忍心中想笑的衝動，以一本正經的口吻應道：

「我也不知道自己能否幫得上忙，但我會盡自己最大的努力。那我們也該出發了吧？」

昨晚那場大雷雨已完全平息，今天是宛如盛夏般的好天氣。萬里無雲的蔚藍天空，與茂密的翠綠群樹相互輝映，鬼首村的後方形成一幅迷人景致。雖然走在和昨晚同樣的道路上，回想起在大雷雨中目擊的各種驚悚光景，恍如只是惡夢一場。

在抵達龍王瀑布前，我與金田一耕助談了哪些話，我已記不得了。

由於剛才腦中閃過那可怕的想法，此刻我感覺就像喝醉酒似的。再加上旅行的疲憊與昨夜種種，我的情緒相當亢奮。人一亢奮，話就特別多。

我一直說個沒完，也許話中也摻雜了我剛才心中可怕的疑惑。

金田一耕助一臉感佩地望著我。

「原來如此。你這想法確實可怕。不過……不，有道理，有道理，也許解開這起事件的關鍵，就在你剛才說的話當中。哎呀，能得到像你這麼聰明的助手，我真是太幸福了……」

金田一耕助以煞有其事的口吻如此說道。

龍王瀑布附近有許多員警和便衣刑警來回巡視。光是要趕走前來看熱鬧的人群，便費了好大一番工夫。

我心想，金田一耕助說得一副很了不得的樣子，但他該不會也和這些看熱鬧的人一樣，會被警方趕走吧？結果卻出乎意料，警方對他的態度畢恭畢敬。我大感驚訝，不禁對這名口吃偵探刮目相看。

「有沒有什麼新發現？」耕助找了一個位階應該是警部補的人，向他詢問。

「剛才我們發現一項特別的東西。請過來看一下。」

那位警部補帶我們來到龍王瀑布上方的谿流處，他從露出於谿流外的岩石上走過，俐落地帶著我們往上走。

昨晚我們爲了找尋八千代，也曾在谿流邊行走。但白天與黑夜的景色截然不同。我頗感新奇地欣賞周遭風光，默默跟在那位警部補身後。

因昨晚那場大雨，水流暴漲，一路沖刷岩石而下。谿流兩側逼近的斷崖青翠欲滴，頻頻從綠林中傳來黃鶯的鳴唱。

從瀑布往上爬行約二十五公尺後，那位警部補突然停步。

「你們看，就是這個。」

我們望向他指的地方，發現右岸斷崖底部，有個高度勉強可容一人站立的洞穴。昨晚我應該也曾行經那一帶，但因爲天色昏暗，一時沒發現。

「這是……？」

「先進裡面看看吧。」

警部補率先走進洞內。金田一耕助隨後走進，我殿後。

走進洞內一看，裡頭出奇地寬敞，往內走約兩公尺後，眼前出現一處三張榻榻米大的空間。警部補以手電筒照亮洞內地面說道：

「喏，請看這個。」

當我望向手電筒的燈光照耀處時，不禁倒抽一口冷氣。

只見潮濕的地上處處都是濕黏的黑色污點……不用說也知道，是血漬。

金田一耕助也爲之瞠目。

「原來如此。這麼看來，兇手是在這個洞內犯案。」

「應該是。不，就算是在外頭犯案，但至少可以確定是在這個洞內砍下人頭。喏，你們看那把刀……」

在警部補移動的手電筒燈光下所浮現的那把日本刀，上頭當然沾滿了血。

「原來如此。照這樣看來，兇手是在這裡砍下人頭，然後將身體帶往瀑布丟棄。」

我說出自己的推測後，金田一耕助緩緩搖了搖頭。

「不，應該不是這樣。若是這麼做，兇手的衣服將沾滿鮮血。兇手是拖著屍體，丟進前面的谿流裡。所以原本屍體應該在這裡才對，但因爲昨晚水勢浩大，屍體被沖向瀑布。你沒看到，所以不知道。那具屍體有嚴重的骨折和大面積擦傷。」金田一耕助如此說明道。

「對了，還有其他發現嗎？」

「還有，而且是很有意思的一項東西。」

那位警部補移動了手電筒的燈光。金田一耕助和我看了都不禁蹙眉。

「那是什麼？」

「請拿起來看，很有意思哦。」

金田一耕助納悶地將它拾起，這時，我不禁叫出聲來。是黑色的披風、長褲，以及寬帽簷的帽子。而更奇怪的，是有個像小竹篩的東西。竹篩還附上兩條繩子。

「是駝子的肉瘤！」

我不禁脫口而出，金田一耕助嚇了一跳，轉頭望向我，接著，旋即頷首道：

「肯定是這樣沒錯。這件披風、長褲，還有竹篩……我們昨晚在閃電中看到的那名駝背男子，並不是蜂屋小市。是有人穿上這些衣服，假扮蜂屋小市。」

一股難以言喻的恐懼，從我腳底一路往上爬。爲了甩除這股恐懼，我變換站立的位置，這時，鞋尖踢到某樣東西。

我拾起一看，是粉餅盒。

「咦，那是什麼？」

警部補似乎之前也沒發現，驚訝地望向我掌中之物。

「是一個粉餅盒，埋在土裡。」

「是被害人的東西嗎？」

「怎麼可能……」

我忍不住輕笑一聲。

「八千代晚昨穿著睡衣就來了，不可能還帶著粉餅盒。可能是其他女人……」

說到這裡，我不禁爲之噤聲，然後與金田一耕助面面相覷。難道我那可怕的疑慮成眞了？該不會又有另一名女性登場了吧？她到底會是誰……

4 CHAPTER — 第四章

另一名女子

另一名女子

駝背的肉瘤和粉餅盒……這到底是怎麼回事？

有人背著那奇怪的竹篩，假扮成駝子，此事已毋庸置疑，但到底會是誰？

這起事件從開始到現在的相關人員，已全部齊聚在鬼首村。然而，我並不認爲這些人當中，誰有機會在昨晚那短暫的瞬間假扮成駝子。

在閃電劃過的瞬間，我和直記一起親眼目睹駝子的身影。因此，直記可以從這可怕的嫌疑犯名單中排除。反過來說，因爲有直記在，我才得以提出自己的不在場證明。而最值得慶幸的是，金田一耕助當時緊跟在我們身後，而且目睹那名駝子站在岩石上的身影，他應該比誰都清楚這件事才對。

那麼，直記的父親鐵之進、柳夫人、四方太、阿藤等人，又是什麼樣的情況？會不會他們當中有人比我們早一步離開宅邸，喬裝易容，對八千代展開埋伏。不，這個想像不合理。因爲誰料得到八千代昨晚會夢遊症發作？更何況，她前往龍王瀑布的事，誰也無法預測。

那麼，是有人見八千代離開屋外，而隨後尾隨嗎？不，就算是這種情況，可能性也是微乎其微。因爲如果是這樣，直記和我一定會發現才對。我們在雷電交加下，多次目擊八千代的身影。倘若八千代與我們之間還有其他人在，當然躲不過我們的眼睛。

不，根本不必想這麼遠。在昨晚那樣的狂風暴雨下，如果有人去過龍王瀑布，事後一定看得出來。而事後查證，沒人有去過的跡象，可見昨晚離開宅邸的，就只有我們三人。

那麼，昨晚那名駝子到底是誰？

是蜂屋小市嗎？

對了，蜂屋小市是否眞是駝子，也一度成爲世人討論的話題。坊間有傳言，他可能是爲了趕搭戰後標新立異的風潮，而刻意僞裝成駝子。

若眞是如此，遺留在洞窟裡的竹篩，眞的是蜂屋假扮用的道具嗎？

不過，這實在教人想不透。若蜂屋的駝背是僞裝的，那他不是得一直僞裝下去，力求逼眞嗎？唯有如此，沒有駝背的蜂屋才能瞞過世人的耳目。用竹篩來假扮，未免太隨便了。就算他的駝背是假的，也不該是這麼隨便的道具。

唉，眞想不透。昨晚那名駝子到底是誰？

「哈哈哈，你還沒看出來嗎？」

耳邊傳來的這聲低語，打斷我的思緒。我一時嚇得彈跳而起。待我回過神來，才發現金田一耕助就走在我身邊。

對了。當時我和金田一耕助兩人，正從那可怕的洞窟繼續沿著谿流往上走，越過山頭，往隔壁的足長村而去。

我不清楚金田一耕助去足長村要做什麼。我們在洞窟裡發現那件事後，他便提議要去那裡，當下我立刻想到海勝院的那間尼姑庵。關於那間尼姑庵，直記有事瞞著我。我原本就打算改天要到足長村去見那位叫妙照的尼姑，向她問個清楚，所以當金田一耕助提議要去足長村時，我二話不說，馬上贊成。

「咦，你剛才說什麼？」

我慌張地反問，金田一耕助笑咪咪地應道：

「不，沒什麼。你剛才在想那個駝子背後的肉瘤吧？還有，你一直在苦思，昨晚到底是誰裝上肉瘤，假扮成駝子，對不對？你不必佩服我，這點小事，我看你的表情就猜得出來。而且你有個習慣，就是每次想事情時，都會無意識地自言自語。哈哈哈。」

金田一耕助開朗地大笑。我聽了之後有點臉紅。

「咦，那麼，我剛才說了什麼嗎？」

「哈哈哈，沒什麼，你不用擔心。對了，關於昨晚那名駝子的身分，你真的不知道嗎？」

「我不知道。不過，如果是蜂屋小市的話，那就另當別論了。」

「蜂屋小市……」

金田一耕助發出一聲嗤笑。

「你不是真這麼想吧？蜂屋小市這個人的存在，根本就跟稻草人一樣。」

「嗯，經你這麼一說，我也有這種感覺，但若是這樣，昨晚那名駝子又會是誰？當時有可能出現在瀑布岩石上，同時又和案件有關聯，並沒有符合條件的人啊……」

「沒有人嗎……眞的？」

金田一耕助雙目圓睜，眼珠骨碌碌地轉動，仔細朝我臉上打量。那略帶淘氣的眼神，正是他個人獨特的魅力。

「那麼，誰有這個可能？你覺得呢……」我不禁爲之呼吸急促。

金田一耕助從容地微笑著說：

「屋代先生，你陷入盲點了。這其實沒什麼。只是因爲在盲點的作用下，把事情變複雜了。好，我就來幫你打破盲點吧。昨晚我們在閃電的光芒下發現那駝子的身影時，應該有一位案件相關人已經抵達瀑布上方的岩石才對。」

「所以我才問你是誰啊。」

「是八千代。」

「什麼，八千代？」

我大受震撼，彷彿有根銳利的木釘刺進我腦門裡。我杵在原地，一面喘息，一面緊盯著金田一耕助。

金田一耕助正用手指輕輕搔抓自己的頭髮。

「沒錯，正是八千代。爲什麼不能是她？不，說出這個看法的人，不就是你嗎？那具無頭女屍並不是八千代。雖然她穿著八千代的睡衣，但應該是其他女人才對。八千代以某人當自己的替死鬼，想藉此躲過警察的追查，最早透露這個看法的人，不就是你嗎？我很佩服你的見解。因爲除此之外，很難想像兇手爲何要做出砍下人頭的殘忍行徑。如果是有計畫犯案的八千代，應該是有這麼點小聰明，爲了塑造出一個虛構的兇手，而刻意在我們面前顯露駝背的身影。事實上，當時我們在電光一閃下，只看到那個人的形體，沒看清楚長相。還有，當時沒看到八千代現身，也很奇怪。也就是說，八千代利用黑暗和閃電，巧妙地一人分飾兩角。」

「可是，可是……」

我感覺喉嚨嗆辣刺痛。有股沉重的感覺，壓迫我的腹部。

「這麼說來，那可怕的殺人案，還有宛如血腥浮世繪般的砍頭行徑，全都是八千代所爲？」

金田一耕助等了一會兒，沒馬上答話。他盯著我看了半晌，接著邁步走在我前頭。

「我對八千代還不熟悉。但綜合各種說法，我覺得她有可能做出這種事。還是說……」

金田一耕助說到這裡，突然閉口不語。我等著他繼續往下說，但遲遲不見他接話，於是我再也按捺不住。

「還是說……？」

我催促他繼續往下說。這時，金田一耕助回頭望向我，露出一口白牙笑道：

「不，我還是別透露太多比較好。因爲這是必須仔細研究的問題……咦，足長村好像到了呢。」

我們在不知不覺間越過山巓，來到足長村。看起來，足長村與鬼首村頗爲相似，唯一的不同點，在於足長村沒有足以和古神家匹敵的豪宅。

來到村裡後，金田一耕助找了一位在田裡工作的人，向他問了些事，然後笑咪咪地說：

「我知道了。往這邊走。」

他率先往前走。接著映入我們眼中的，是一棟位於半山腰的屋子，屋頂鋪上稻草，設有冠木門。雖是一般的農家，但相當典雅精緻，那風雅的外形，令人聯想到名士的養老之所。

我不經意地望向掛在冠木門門柱上的小木牌，赫然一驚，爲之瞠目。

那歷經日曬雨淋而泛黑的木牌，寫著「海勝院」三個字。

原來是這麼回事。金田一耕助的目的也是這間尼姑庵。不過，他明明昨晚才剛抵達這裡，竟然知道這件事，動作未免也太快了吧。

金田一耕助望著我，笑咪咪地說道：

「我有事想問這裡的師太。我猜你對這件事也會感興趣，所以才請你一起來。來，我們進去吧。」

所幸住持妙照師太正好在家，她以爲是村民來訪，馬上接見了我們。確實是昨晚拜訪直記的那位尼姑。

「您好，冒昧來訪，眞是對不起。是這樣的，我有事想向住持您請教。先自我介紹一下，我叫金田一耕助，是受鄰村的仙石鐵之進先生之邀前來此地。這位是仙石先生的公子直記的好友，名叫屋代寅太，也是受直記先生之邀到古神家作客。」

金田一耕助報上姓名後，尼姑一臉無辜地睜大眼睛。

「說到古神家，聽說昨晚發生了大事……」

「正是。我想向住持您請教的，正是關於這件事。先前直記先生請您代爲照料的那名女子，目前仍下落不明嗎？」

我嚇了一跳，往金田一耕助臉上打量。

直記請這間尼姑庵代爲照料一名女子？這是什麼意思？金田一耕助爲何知道此事？我因好奇而激動地來回望著他們兩人。

妙照師太似乎也略感吃驚，緊盯著金田一耕助。

「你怎麼會知道這件事？少爺明明交代過，絕對不能向人透露此事啊……」

「哈哈哈，直記因爲覺得沒面子，所以才會那麼說，但紙是包不住火的。因爲俗話說，壞事傳千里。哈哈哈，那位是直記先生的女友，對吧？」

金田一耕助帶著親切的口吻，妙照師太就此上鉤，回以尷尬的笑容。

「到底是怎樣，我也不清楚。不過，對方長得很標緻。可惜精神狀況不太好，令人同情……」

我和金田一耕助面面相覷。精神異常的女人……這麼說來，難道是被關在綠色館邸門窗深鎖的洋房裡，成天不見天日的那個女人嗎？

金田一耕助神色自若地說道：

「對對對，就是這樣。對了，那名女子叫什麼名字？我記得好像叫君代，還是阿雪……」

「不，不對。是叫阿靜。不過我不知道她姓什麼。」

「住持，您爲何願意替直記照料這名女子呢？您從以前就認識直記嗎？」

「是的，幾年前我去東京時，曾到古神家位於小金井的宅邸去問候他們，在那裡盤桓了一週之久，所以算是認識。那應該是上個月底的事了，少爺突然來訪，捐獻了一大筆錢，並說有這樣一名女子，希望我能留在庵內加以照料。少爺還說，雖然這名女子精神狀況不佳，但她相當安靜，絕不會給我添麻煩。我一聽對方的狀況異於常人，原本也有點擔心，但面對如此高額的捐獻，實在很難推辭。後來少爺返回東京，帶來那名女子。他們好像是五月四日那天，趁晚上沒人注意的時候來到這裡……」

這下我終於搞懂了。直記第二次返鄉時，見我好像有意要送他到東京車站，馬上顯得神情慌張，原來當時他身邊還帶了個人。

「那麼，那名女子後來呢？那位叫阿靜的女子……」

「不知道。令人傷腦筋的是，她只在這裡待了一晚，隔天傍晚，我才外出一下，她便不知跑哪兒去了。聽說那天晚上，有人見到一名模樣很像她的女子，跟一名駝背的男子，一起往後山走去。我聽了大吃一驚，所以昨天連忙向直記先生通報此事。」

金田一耕助靜靜思索了半晌，接著從懷中取出某樣東西。

「住持，你見過這個東西嗎？」

他張開手掌，擺在他掌上的，是之前在洞窟裡發現的粉餅盒。妙照師太看了一眼，旋即開口道：

「啊，這、這是阿靜小姐的粉餅盒……」

我一聞言，頓感一股難以言喻的恐懼在背後遊走。

阿藤的自白

從足長村回來一看，直記好像剛結束偵訊，待在別房裡等我回來，鐵青著一張臉。

「寅兒，你到底去哪兒了？」那是逼問的口吻。

偵辦人員似乎對他展開了嚴密的偵訊，只見他黝黑的臉龐泛著油光，眼珠游移不定。我一時之間不敢直視他。

難道我之前都把他看得太單純了？他雖然好顯己惡、說話毒舌，老愛說些傷人的話，以此為樂，但其實個性膽小、做事小心謹慎——我原本是這麼認為的，難道是我錯看他了？他該不會是個可怕又奸巧的惡徒吧？

「喂，寅兒，你倒是說句話啊。你到底去哪兒了？」

直記以焦躁不安的口吻再次逼問我。

「哦，金田一耕助邀我一起去查看命案現場。」

「金田一耕助……寅兒，他到底是何方神聖？」

「聽說是位私家偵探。這是他自己說的。」

「私家偵探？」

直記的眼珠瞪得老大，接著突然朗聲大笑。那是極其狠毒的笑聲。

「那個男人是私家偵探……就憑他那鳥窩頭和那副窮酸樣？寅兒，你在跟我開玩笑吧？」

「不，我沒開玩笑。他好像很有一套，連警部補對他也敬畏三分，而且他相當敏銳。」

「別說傻話了，那種傢伙能幹什麼？不過……原來如此，嗯……」

直記從櫃子裡取出威士忌，將兩個杯子裝滿酒。

「喂，寅兒，喝吧。」

「不，我就免了吧。我不想喝。」

「怎麼了？看你一副若有所思的樣子。好吧，不想喝就算了。」
直記一口接一口地喝著威士忌。
「不過，這麼一來，我就明白我老爸找他來的原因了。雖然不知我老爸是從哪兒聽來的，但他可能真的很有一套，真是人不可貌相啊。」
直記說到這裡，又發出毒辣的笑聲。
「對了，寅兒，你在現場有什麼新發現嗎？」
「嗯，發現了很奇特的東西。」
「奇特的東西？」
於是我告訴他佯裝駝背肉瘤的道具以及粉餅盒的事。我一面說，一面緊盯著直記。
「佯裝駝背肉瘤的道具和粉餅盒……」
直記嘶喊般地叫道，以駭人的眼神緊盯著我，眼珠幾乎快要掉出來了。
「粉、粉餅盒？是什麼樣的粉餅盒？」
我對粉餅盒的形狀加以說明。
「仙石，你對這種粉餅盒有印象嗎？」
直記慌張地移開目光。他的喉結滑動，汗水從額頭沿著臉頰滑落，然後急忙地將酒杯送向嘴邊。
「不知道，不知道。我什麼也不知道。我怎麼可能知道！」

他就像鬧彆扭的孩子般如此說道，仰頭將威士忌一飲而盡。

「那個叫金田一耕助的男人，對此說了什麼嗎？」

「他沒說什麼。因爲像他這種人，總想隱瞞自己的想法。我完全猜不出他在想些什麼。」

金田一耕助曾告訴過我，關於發現僞裝駝背的道具和粉餅盒的事，讓別人知道沒關係，但關於進一步的資訊，則暫時不能向任何人透露。

直記一臉狐疑地望著我，接著他就像在和自己心中湧現的不安對抗般，倒酒的手不住顫抖，儘管酒全灑到了桌上，也毫不在乎。

雖然他不是平將門（註），但看他這副模樣，便覺得這個男人實在辦不了什麼大事，然而一切事證都指向這名男子。唉，這個謎到底該如何解開？

「喂，寅兄。」

直記喉嚨深處發出清痰的聲音，似乎想說些什麼。

就在這時，有個人迅如疾風地衝進房內，哭倒在榻榻米上，是阿藤。

「少爺，對不起，對不起。請您原諒！請您原諒！」

阿藤哭得雙肩顫動。我們面面相覷，爲之啞然。

「阿藤，怎麼了？一直叫我原諒妳，妳到底做了什麼？」

直記微微露出錯愕的神情。

「是的，我做了一件壞事。之前我一直說謊。」

說到這裡，阿藤抓著衣袖，放聲號啕，相當歇斯底里。

「說謊？妳到底說了什麼謊？喂，阿藤，妳一直哭，根本聽不懂妳在說什麼。把話說清楚。妳到底說了什麼謊？」

經直記一番訓斥後，阿藤這才停止哭泣。要治療歇斯底里，就只能用這個方法，要是一直順著她，她只會更加激動。就得要像這樣大聲喝斥才管用。

「是關於……守衛少爺喪命時的事。」

「什麼？守衛喪命時的事？」

我們不禁互望一眼。阿藤到底知道些什麼？

「阿藤，好了，別哭了，說來聽吧。當時妳到底說了什麼謊？」

「是，我會全部說清楚。在小金井的宅邸裡發生那起恐怖殺人命案的前一晚，你們看到我站在蜂屋先生的房門前，對不對？」

「嗯，沒錯。當時正好是十二點左右。」

「是的。剛過十二點。當時少爺您訓斥我，問我在那裡做什麼，於是我撒了個謊。」

註—平將門：武將俵藤太（藤原秀鄉）曾為了評定平將門是何種人物，而前去拜訪。平將門和他一起用餐，飯粒掉了仍撿起來吃，吃相難看，俵藤太因而認定「這個男人沒有王者的氣度」。因而轉為與平將門為敵。

「撒謊？」

「是的，當時我說蜂屋先生打電話來，要我送水過去給他，那是我騙您的。其實……」

阿藤的後頸變得通紅，忸怩地搓揉著衣袖。

「其實我是之前就跟蜂屋先生約好，要偷偷和他見面。蜂屋先生要我十二點去找他……」

我和直記爲之一驚，四目交接。直記陡然趨身向前問道：

「阿藤，這麼說來，妳和蜂屋之間……發生過關係嘍？」

「是的……」

阿藤聲若細蚊地應道。

「一開始是他強迫我的。一定是因爲小姐沒能如他所願，他才會藉由玩弄我來洩憤。可是……」

「可是？」

直記很刻意地反問一句，接著狠毒地冷笑道：

「一開始是被霸王硬上弓，但嚐過滋味後，妳反而迷上了，是吧？啐，女人全都一個樣，就像發情的母貓。」

阿藤聞言後，似乎也爲之惱火，她以白眼瞪視直記，接著沉聲道：

「關於這件事，不管您怎麼講，我都無話可說。但對我來說，蜂屋先生很迷人。而那天晚上，就在我準備開門潛進房內時，正好被你們撞見。」

我這才開始對阿藤的話感興趣。

「阿藤小姐。」

我趨身向前。

「這麼說來，妳當時不是剛從蜂屋的房間走出來？」

「是的，就是因爲這樣，我才前來請求少爺原諒。當時我才剛打開門，正好聽見你們的腳步聲，所以我急忙反手握住門把，假裝剛從房內走出。」

「那麼，妳之前說蜂屋不是很清醒，所以妳把水放在他枕邊，這是……」

「那是謊言。我才剛打開門，還沒來得及看清楚裡面的情形，所以就連當時蜂屋先生到底在不在房內，我也不知道。」

「可是隔天早上，我們到蜂屋房內調查時，枕邊確實擺有水瓶和杯子啊。」

「是的，那是我怕謊言被揭穿，隔天一早偷偷擺進去的。所以先前半夜十二點，在我準備潛入蜂屋先生房間時，並不知道他是否在房內。但因爲我對你們撒了謊，所以事後警方展開調查時，我還是堅稱蜂屋先在晚上十二點時仍活著，而且好端端地在房內睡覺。不過那全部是我編出來的謊言。」

我又與直記互望了一眼。

「阿藤小姐。」

我趨身靠向她。

「不過，妳爲什麼現在才想到要告訴我們這件事？」

「那是因爲……主屋的那個人要我向你們坦白一切。」

「主屋的那個人？」

「就是金田一先生。他是個很可怕的人。他看穿我的謊言，要我供出一切。」

直記和我別有所思地互望一眼。一種陰森可怕的感覺，壓迫著我的下腹。

這時，阿藤突然抬起頭來，以炯亮的雙眼交互望著我們。

「我還要向你們承認一件事。在小金井宅邸的別房發現的那具無頭男屍……那確實是蜂屋先生。是的，我很肯定。雖然我們相處的時間短暫，但我們畢竟有過肉體關係。就算他沒有頭，我還是認得出他。蜂屋先生與我溫存時，身上總是什麼也沒穿……」

她說到這裡，變得有些吞吞吐吐，但接著她柳眉輕揚，繼續往下說：

「所以我很清楚蜂屋先生身體的全貌。不管再小的特徵，我全都記得。所以絕不會有錯。別房裡的那具屍體，確實是蜂屋先生。」

「可是……可是……」

直記喘息般地大叫道。因爲腦中浮現的可怕念頭，令他額頭汗水涔涔。

「那……那是守衛的頭啊，不是嗎？」

「沒錯。所以有兩個人遭殺害，蜂屋先生和守衛都被殺了。」

竟然有這種事！這麼說來，那顆人頭和屍體，都是來自不同的人？不過，怎麼會有這麼可怕的事呢。蜂屋只發現身體，守衛則是只發現頭顱。而之前我們把兩人的身體和頭顱湊在一起，組成一個人。蜂屋的頭和守衛的身體到底跑哪兒去了？

直記和我半晌說不出話來。這起打從一開始便慘絕人寰的殺人案件，這時候又增添了幾分難以言喻的悽慘色彩。

我陷在幽暗的惡夢中，喘息不止，好不容易才恢復平靜。

「阿藤小姐，這麼說來，蜂屋是眞的駝背，對吧？」

「當然是眞的。我覺得他的肉瘤很可愛，常輕撫它，或是以臉頰廝磨。在我最亢奮時，還會緊緊抱住他的肉瘤。蜂屋先生也很喜歡這樣……雖然過去他和許多女人發生過關係，但他告訴我，看過他肉瘤的人，就只有我一個。」

阿藤並未臉紅，斬釘截鐵地如此斷言。

可怕的錯誤

在阿藤的自白下，案情就此翻盤。

當然了，早在聽阿藤自白之前，我便在心中暗忖，昨晚在發生那起慘劇前，我們所目睹的駝背男子，如果眞像金田一耕助所說，是八千代所喬裝的，那麼，昨晚的殺人事件是否眞和蜂屋小市有關，就令人懷疑了。

不，別說懷疑了，這應該和蜂屋無關才對。

因爲駝背的蜂屋如果和此命案有關，他應該會盡可能不讓人看到他駝背的身影才對。但不管兇手是八千代還是另有其人，此人用竹篩假扮駝背，刻意讓我們看見駝背的模樣，全是爲了嫁禍給蜂屋，反過來看，蜂屋和昨晚發生的命案，一點關係也沒有。

然而，現在已沒必要提出如此麻煩的三段論法。經由阿藤的自白，可以確定在小金井古神家別房發現的無頭男屍是蜂屋。也就是說，蜂屋早在那一天便已不在人世。這樣蜂屋怎麼可能會和那天晚上發生的命案有關？

可是……這麼一來，到底又是怎麼回事？昨晚的命案，完全都是八千代獨自一人策畫和執行嗎？不不不，這太可怕了。像八千代這樣的弱女子，怎麼可能做出砍下屍體頭顱這種可怕的事情？

不，現在應該捨棄一切感性的私人情感，就事論事才對。假設八千代是個比惡魔還要冷血無情的人，她昨晚是否能單獨上演那齣血淋淋的殺人劇？

應該不可能才對。

八千代是如何得知鄰村的尼姑庵裡藏了一位和她年齡、體形、身材都非常相似的女人呢？不，就算她在偶然的情況下得知此事，又是如何在滂沱大雨下，巧妙地在那個時刻帶女子前往龍王瀑布這麼偏僻的地方？

這果然需要共犯。說到這名共犯，肯定是具備以下條件的人物。

第一，此人知道鄰村的海勝院裡，藏了一位和八千代年紀相仿的女子阿靜，而且很清楚這名女子的身材與她非常相似。也就是說，此人熟知八千代與阿靜兩人的身材。

第二，此人對阿靜有很大的影響力。因爲阿靜在那樣的豪雨下，仍聽從此人的命令，在那個時間前往龍王瀑布……

具備以上兩項條件的人……一想到這裡，我矍然一驚，彷彿有根粗大的木釘刺進我腦門般。一股戰慄貫穿我背脊，不斷在我背後亂竄。

啊，完全符合這兩項條件的人，我很清楚是誰。但他的名字我不能說！這……這實在太可怕了。

那天晚上，我因爲極度恐懼而苦惱，輾轉反側，整晚沒睡。我現在光是聽到風聲便膽戰心驚，害怕那個人會拎著亮晃晃的刀子衝進屋內。唉，就算是安達原黑塚（註）故事中找尋陌生人家投宿的旅人，想必也不會像我這般痛苦難受。

所幸夜盡天明，平安度過了那晚。我一直等到東方露出魚肚白，才放下心中懸宕的大石，沉沉入睡，待我醒來時，已近正午時分。

「怎麼啦？睡得這麼晚，看來你昨天沒睡好哦。眞是膽小，哈哈哈！」

我前往洗手間時，冷不防受直記如此羞辱，不過，直記自己似乎也才剛起床，此時正在刷牙。他昨晚好像也沒睡好，發亮的雙眼布滿血絲。我不敢直視他。

「嗯，因爲恐怖的事接二連三發生，我也變得有點神經質。直記，你昨晚睡得可好？」

「睡得好不好，看我的臉就知道了。我們兩個都一樣膽小。我已經無法再信任任何人了。」

直記說完後，以布滿血絲的炯炯雙眼凝視著我，接著壓低聲音說道：

「喂，寅兄，聽說今天早上又來了一位新客人。」

「新客人？」

「嗯，聽說叫磯川警部，是縣裡的警界老手，行事幹練。由於這是個大案子，他認爲鄉下的警察無力承辦，這才親自從縣府的警察總部趕來。唉，這麼一來，今天又要整天接受偵訊了。眞是沒完沒了。」

直記滿口都是牙粉，但說起話來還是一樣毒辣，不過，聽他說話的語氣似乎沒什麼精神，也許是我自己想多了，總覺得他的尾音微帶顫抖。

「這也難怪。發生這麼大的命案，不能光靠地方警察。不過，縣府來了這麼一位幹練的老手，金田一耕助不知道會怎樣？」

「金田一耕助？哈哈，你說那位口吃偵探啊？當然是被晾在一邊嘍，這還用說嗎？人稱老手的幹練警部，怎麼可能會理會那一臉窮酸樣的口吃偵探啊。」

直記痛快地訕笑著，但令人驚訝的是，結果完全出乎直記意料之外。我們迅速解決一餐，也分不清到底是早餐還是午餐，這時，阿藤前來替金田一耕助傳話，請我們到主屋一趟。

我們互望了一眼，心想，該來的還是來了，但我們無從推辭，所以我只好和直記一同前往。結果我們大為吃驚，因為一名一看就知道是警部的男子，正與金田一耕助熟稔地交談。警官對金田一耕助的態度超乎熟識的範疇，甚至還帶有一絲敬畏。

直記和我為之瞠目，不禁面面相覷。

金田一耕助一見到我們到來，馬上露出他那招牌的親切微笑。

「啊，你們好，把你們找來，真是不好意思。因為大家都已經到齊了，不好讓他們等太

註——安達原黑塚：為一鬼婆傳說。鬼婆原本是位奶媽，為了替自己帶大的小姐治病，而殺了一名孕婦，取其活肝。後來得知這名孕婦是她的親生女兒，就此化為惡鬼，在夜間襲擊投宿安達原的旅人，殺人吸血。

久，所以才會去請你們來……啊，阿藤小姐，妳也一起留下來吧。」

原來直記的父親鐵之進也在。還有柳夫人、四方太、守衛的奶媽喜多婆婆。再加上我們兩人和阿藤，這起案件的相關人員大致都已到齊。

金田一耕助笑咪咪地環視在場眾人道：

「今天請大家齊聚此地，不爲別的。我想依據阿藤小姐的新供詞，重新檢討這起案件，不過在這之前，先向各位介紹一下。我身邊這位是來自縣府警察總部的磯川警部，與我是舊識……警部，這位是仙石鐵之進先生的公子，直記先生。而這位是屋代寅太先生，是直記先生的好友，是位偵探小說作家。」

直記和我急忙低頭行禮，然後又互望了一眼。磯川警部也微微點頭，以刺探的眼神望著我們，但他旋即移開目光，面向一旁。這樣的態度令人在意。

警部與我們問候完畢後，金田一耕助又笑咪咪地環視眾人說道：

「這場聚會的主持人，當然應該由警部擔任，但他自謙初來乍到，許多事還不是很清楚，所以由在下僭越代爲主持。關於昨天阿藤小姐的自白，各位應該都已聽說了吧？」

我們皆神色暗淡地頷首，這時，一旁突然有人發出刺耳的聲音。是喜多婆婆。

「我老早就說了。那個駝背畫家不過是個用來掩人耳目的人偶……我果然沒說錯。那個畫家早就被殺死了，所以他根本沒辦法殺死守衛。殺死守衛的人，是你……」

喜多婆婆指著鐵之進。

「妳……」

接著她指向柳夫人。

「還有你，你們三個！」

最後她那指節粗大的手指，正面指向直記。

這是喜多婆婆第三次譴責他們三人。每次我都覺得這名略顯瘋狂的老太婆的話中，似乎帶有幾分眞實性，而今天這份感覺更爲強烈。我感到背後冷汗濕黏，很不舒服。

在場眾人頓時如同化爲石像般，靜默無聲，接著金田一耕助生硬地發出一陣清痰聲。

「不，喜多婆婆，請您等一下。不可如此急躁。不管誰是兇手，我們都必須照順序一步一步來才行。不過，剛才您那番話當中，確實隱藏著某個眞相。亦即蜂屋小市早在守衛之前就被殺害了。因此，殺害守衛的人不是蜂屋。那麼，兇手又會是誰呢？」

「你說蜂屋比守衛更早被殺害，證據何在？」

這時，直記從我身旁插話。他的口吻嗆辣，帶有幾許挑戰的意味。

金田一耕助還是一樣笑臉以對。

「沒錯，你說得對，目前還不確定蜂屋和守衛是在何時遇害。但蜂屋先生應該是在那晚九點以前被殺害，而那時守衛還活著。」

「在九點以前被殺害？」

直記和我錯愕地互望彼此。接著直記轉爲急切的口吻。

「你、你在胡說些什麼。那天晚上，阿藤十二點左右還去過蜂屋的房間……」

說到這裡，直記突然像想到什麼似的，噤聲不語。額頭上的青筋直冒。

金田一耕助笑咪咪地注視著他。

「哦，你終於也發現了吧？這麼一來，你應該明白阿藤小姐昨天的自白具有多重大的意義了。沒錯。根據阿藤小姐的證詞，我們得知那具無頭男屍的身分是蜂屋小市。這也很重要。但同樣具有重要意義的，是阿藤小姐說她在十二點左右前往蜂屋房間，但其實她並沒進去，而是在門口轉身返回。因此，當時蜂屋到底在不在房內，沒人知道。我們之前被阿藤小姐的證詞所誤導，以為十二點左右蜂屋還在房裡睡覺。我們因而猜測兇手是在那之後犯案，但如今回頭來看，會明白這種看法根本毫無根據。」

「可是……可是……」

直記的額頭不斷冒出豆大的汗珠。

「話雖如此，你斷言那個時候蜂屋已遭殺害，這樣也太言之過早了吧？事實上……啊，對了。我們用完餐時，八千代還送飯去給蜂屋呢。那是十點左右的事。蜂屋也吃了飯。證據就是屍體解剖時，還從胃裡驗出當時的食物。而且是消化兩個小時左右的狀態……正因為這樣，東京的警察才斷言蜂屋遭殺害的時間是半夜十二點左右，而且……」

有別於直記急躁的模樣，金田一耕助顯得神色自若，笑咪咪地反問道：

「還有呢？」

「還有沾在八千代拖鞋鞋底的血漬。八千代那時夢遊症發作了，半夜一個人走到別房去。從別房地上那灘滿是拖鞋印的血漬來看，便可明白這點。而且八千代夢遊走向別房時，我和屋代正好從房裡目睹，那是一點左右的事……」

「原來如此，但這又怎樣？」

「這樣你還不懂嗎？」

直記的口吻已近乎咆哮。

「如果蜂屋是在九點以前被殺害，那半夜一點的時候，血應該已經都乾了。地上那灘血就不會留下清楚的拖鞋印，而且八千代的拖鞋鞋底也不會沾上如此鮮明的血漬才對。」

「原來如此，我明白了。」

金田一耕助還是一樣笑容滿面。

「表面上看來，確實如你所言。但這起事件並沒那麼單純，它其實是更爲陰險複雜的案件，所以必須反過來思考。我們現在就將你說的事反向思考吧。第一點，你說解剖後的胃部內容物，約莫已消化兩個小時左右。當然這絕不會有錯，但你如何斷定那些內容物是八千代十點左右送去的食物？」

「因爲……和當時八千代送去的食物一樣啊……」

「不過，要是蜂屋更早便吃過同樣的食物……例如在五點左右吃了同樣的食物，而在七點左右被殺害的話……或是六點左右吃了同樣的食物，而在八點左右被殺害的話呢？不管怎樣，胃裡的內容物都是在消化兩個小時左右的狀態下被發現。」

直記目瞪口呆地望著金田一耕助。面對對手這令人意想不到的說法，連平日蠻不講理的直記一時也啞口無言。

「還有，關於八千代拖鞋鞋底沾有血跡一事，如果這也不是她在半夜一點時走過那灘血所沾上的血漬，而是更早之前所沾上的呢？假設兇手是在七點左右犯案，之後有人穿上八千代的拖鞋，從那灘血上走過的話……」

「可是、可是……八千代在深夜一點左右夢遊症發作，搖搖晃晃地走到別房，那也是偶然嗎？真的純粹只是湊巧嗎？」

「不，其實不然。這起事件幾乎沒有所謂的偶然或湊巧。阿藤小姐的事另當別論，至於其他的事，全部都經過綿密的策畫。換言之，雖然八千代看起來像是在一點左右夢遊症發作，但那全是在作戲。當時八千代爲了讓人以爲她的拖鞋沾血，才故意搖搖晃晃地在路上走。她的目的何在？當然是爲了掩飾眞正的犯案時間。」

直記聽得眼珠都快掉出來了。他的喉結上下滑動，聲嘶力竭地喊道：

「這麼說來……這麼說來……八千代是……？」

「沒錯，她是共犯。屋代先生比我還要早察覺到這點。」

他這句話所帶來的效果，就如同對在場眾人拋出炸彈一般。除了喜多婆婆外，所有人都不約而同倒抽一口氣，接著以刺探的眼神望向我。

血液爲之凍結的預測

直記以駭人的眼神瞪視著我。

「屋代……屋代爲什麼會知道這種事……？」

他一副幾乎朝我撲過來的模樣，我不禁感到一股恐懼襲向全身，微微後退。

金田一耕助就像要安撫我們似地說道：

「不不不，你不該責怪屋代先生。他是以偵探小說家的縝密頭腦，看穿一半的眞相。聽說屋代先生從發生昨晚那起命案後，便開始對八千代產生懷疑。也就是說，對於前天晚上在龍王瀑布發現的那具無頭女屍的眞正身分，屋代先生是第一個感到懷疑的人。換言之，屍體並非八千代，而是另有其人。八千代可能是佯裝自己遭人殺害，而藏身某處……這是屋代先生推理的第一步。」

金田一耕助的這番話，再度令在場眾人大爲震驚。似乎連直記也大爲驚詫，半晌說不出話來。眾人皆一臉茫然地朝我和金田一耕助臉上來回觀望，這時候最快從恍神狀態中恢復正常的人，是柳夫人。

平日神情冷漠的柳夫人，這時也不禁流露慌亂之色。

「這麼說來，那具無頭女屍不是八千代嘍？既然是這樣，那具屍體爲何會穿著八千代的睡衣？」

那是宛如逼供般的犀利口吻。金田一耕助此時也收起笑容。但口氣還是一樣平靜。

「如同我先前所說，那是因爲八千代想讓人以爲是她遭到殺害。」

「可是，爲什麼八千代她……」

「這不用說也知道。八千代是殺害蜂屋和守衛的共犯。早晚會被警方逮捕，接受判決。她爲了逃脫，只能製造自己已死的假象。」

「這麼說來……這麼說來……殺害那具無頭女屍的人，也是八千代嘍？」

這時，鐵之進首度開口。他與柳夫人不同，聲音顯得很沒精神。

金田一耕助沉著臉，點了點頭。

「沒錯。不，我不知道她是否親自動手，但肯定有人幫忙。」

冷若寒冰的戰慄，撼動在場的每個人，陰森可怕的恐懼瀰漫整個屋內。

「可是……」

柳夫人柳眉倒豎，就像要從那可怕的戰慄咒縛中掙脫般，以歇斯底里的聲音放聲嘶喊。

「那麼，那具無頭女屍到底是誰？這女人是哪兒來的？」

「那個女人最近才剛寄住在鄰村的海勝院尼姑庵內，名叫阿靜，不知道她的姓氏爲何。」

當金田一耕助說出「阿靜」這個名字時，直記好似被雷劈中般，渾身發抖。但柳夫人並未察覺。

「那個叫阿靜的是什麼人？是何來歷？」

她的說話口吻愈來愈趾高氣昂。對此，金田一耕助悲傷地搖了搖頭。

「這我也不知道。如果是這件事，最好直接問直記先生。」

「咦！」

在場眾人似乎都大吃一驚，轉頭望向直記，但直記一直沉默不語，低著頭，咬牙切齒。涔涔汗珠從他額頭滴落，他擺在膝上的雙拳，像痙攣般不住顫抖。

直記遲遲沒回答，於是金田一耕助再度開口。

「各位應該都知道小金井宅邸的別房裡，有間終日門窗緊閉的房間吧？應該也都隱約知道，直記先生在裡頭藏了一名女子。那名女子精神有點狀況，直記先生請海勝院的師太代爲照料。結果那名女子成了八千代的替死鬼。」

「直記！」

突然一陣如雷的喊聲從眾人頭上落下。

是鐵之進。

鐵之進因充血而滿臉通紅，賁張的血管像蚯蚓般不住抽動。

「你……你這傢伙……」

「不，爹，我不知道。我什麼都不知道。」

「還敢說你什麼都不知道，那個女人到底是誰？和你是什麼關係？」

對此，直記答不出話來。他一度抬起頭，以茫然的眼神掃向我們，接著又頹然垂首，不管眾人問什麼，都沉默不語。一副若有所思的神情。這時，一旁傳來喜多婆婆那怪鳥般的尖銳叫聲。

「看吧，和我說的一樣。殺害守衛的人，是直記和八千代。他們兩人合謀殺死可憐的守衛。接著，八千代爲了隱藏自己身分，殺死一名無辜的瘋女，讓她穿上自己的睡衣。直記之所以專程從東京帶她來這裡，爲的就是要拿她當八千代的替死鬼。噢，竟然有這麼可怕的傢伙。你不是人！是畜生！喂，警察先生，爲什麼還不把他綁起來。快將他逮捕，處以死刑。替可憐的守衛報仇！」

「直記！」

鐵之進正想說些什麼時，金田一耕助加以制止。

「不，老先生，請稍安勿躁。喜多婆婆，您也先等一下。凡事總有個先後順序，不能躁進。不好意思，是我不對。我太早提到八千代了，哈哈哈。」

金田一耕助先是乾笑幾聲，接著伸手頻頻搔頭。世上有些動作和話語，是安撫激動情緒的特效藥，眼前金田一耕助那略顯滑稽的動作正是。眾人怔怔地望著金田一耕助的模樣。

「接下來……」

隔了半晌，金田一耕助又恢復他那笑容可掬的神情，環視眾人。

「我剛才談到什麼？對了，我提到蜂屋小市遭殺害的時間是九點以前。關於這一點，我剛才想說的是，不論是胃裡內容物的消化狀態，還是沾在八千代拖鞋鞋底的血漬，都不能盡信。在了解八千代是共犯後，便可明白這一切都是爲了瞞過警方的耳目，而事先準備好的。那麼，爲何我斷定兇手是在九點以前犯案的呢？這都要歸功於直記先生。」

直記驚訝地抬起頭來。接著以刺探的眼神注視著金田一耕助。

金田一耕助則是笑咪咪地回望他。

「現在，我們重新來回顧那天晚上的事吧。當天晚上九點，直記先生、屋代先生、守衛，以及八千代正在洋房的飯廳用餐，當時蜂屋先生一直待在房裡沒露面。不，老實說，根本沒人看到蜂屋待在房內，所以沒證據顯示當時蜂屋眞的待在房內。如果要提早說出結論的話，其實當時蜂屋已在別房遭人殺害，所以沒在房內。等各位用完餐後，八千代才送食物到蜂屋房內。她這麼做有兩個用意。」

金田一耕助朝我望了一眼。

「聰明的屋代先生應該已經察覺了，這有兩個用意，一是爲了讓人以爲蜂屋還好端端地待在房內，二是爲了讓人以爲蜂屋是那時候用餐。關於第二個用意，當然是事先料到解剖屍體時，會檢查胃的內容物，而事先下的一步棋。換言之，兇手……不，應該說兇手們比較恰當，他們是爲了讓人以爲蜂屋死亡的時間是在十二點以後。當然了，這當中還有死後屍體僵硬的問題，不過，死亡時間的推測範圍相當大。因此，只要事先安排好胃部內容物的消化狀態資料，也許就能瞞騙眞正的死亡時間。結果果然瞞騙成功。還有，一點左右，八千代故意搖搖晃晃地在外頭行走，讓人以爲她的拖鞋鞋底就是在那時候沾上血漬，想就此讓人對死亡時刻產生錯誤訊息。」

我吞了口唾沫，仔細聆聽金田一耕助說的話，心跳莫名加速。直記也靜靜聆聽。鐵之進和柳夫人目不轉睛地注視著金田一耕助的嘴。四方太一張嘴張得老大，口水從嘴角垂落。喜多婆婆用滿懷恨意的眼神瞪視著直記的側臉。磯川警部則是仔細端詳在場眾人的神情。

金田一耕助接著說道：

「那麼，兇手爲何要讓人以爲犯案的時間是在十二點以後呢？應該是十二點以後有不在場證明吧。因爲和某人在一起，可藉此證明自己沒靠近過別房。相反的，在眞正犯案的時刻，應該沒人知道兇手人在哪裡吧？」

我心頭怦然一跳，再度偷瞄直記的臉。那一整晚，一直把我留在身邊的人，不就是直記嗎？

「又不小心說太早了，我們再次回到剛才的話題，從八千代送晚餐到蜂屋房裡的那件事開始談吧。當時待在飯廳的人們，一直在等八千代下樓。但她遲遲沒下來，所以直記先生就拉著屋代先生一起上二樓。這時，八千代衣衫不整地出現在樓梯上，而當時八千代嘴裡說著『可惡，蜂屋那傢伙……』，所以更讓人以爲蜂屋人在房內，對她做出踰矩的行爲。不過，這當然也是八千代在演獨角戲，當時她自己吃了蜂屋的飯菜後走出房外。問題就在那之後……」

金田一耕助再次伸手搔頭。

「這點我覺得很有趣。當時與八千代擦身而過的直記先生和屋代先生，走進直記先生的房間後，直記先生從床下取出先前藏好的村正，與屋代先生一起收進樓下的金庫內。而且要打開那個金庫，非得直記先生和屋代先生兩人都在才行。而隔天兩人發現凶案，為之一驚，打開金庫一看，刀身上竟沾滿了血。我先說一句，刀身上的血，與無頭男屍的血型完全吻合。因此，殺害那具無頭男屍的凶器確實是村正，但此事令東京警局傷透腦筋。因為明明推測兇手犯案的時間是十二點左右，但那時凶器卻好端端地收放在金庫裡。而且唯有直記先生和屋代先生兩人皆同意，才有辦法打開金庫。此事深深困擾著警方，他們一直在想，會不會有其他打開金庫的方法，或是直記先生和屋代先生說謊？但我反而認為直記先生和屋代先生說的是實話。警方推測兇手犯案的時刻，凶器正放在金庫裡，而沒人可以打開金庫。我在這樣的假設下展開推理。我心想，與其為了解決眼前的矛盾，而去思索如何從金庫取出凶器的問題，倒不如將行凶的時間往前推。也就是說，會不會村正在收進金庫前，就已經染血，而直接就這樣收進金庫內？這個想法，應該比硬要打開不可能開啓的金庫，要來得自然吧？若眞是這樣，那天在眾人尚未齊聚飯廳前，也就還沒九點時，命案早已發生。我先說明一下，從九點到凶器收入金庫的時間，也就是十點左右，待在主屋裡的人全都有不場證明。鐵之進先生和柳夫人在喝酒，四方太也陪在一旁。因此，兇手犯案的時間一定是在九點前，這麼一來，就只有八千代和阿藤小姐比較可疑了。因爲她們兩人事後都特地表現出蜂屋仍好端端待在屋內的模樣，而且也做出這樣的證詞。於是，我便懷疑她們兩人都在說謊，昨天我質問阿藤小姐後，得到各位後來所知道的新證詞。阿藤小姐說謊的動機，各位也都知道了，這麼一來，最可疑的就屬八千代的言行了。非但如此，八千代的行徑，各位也都熟知，有許多難以理解之處。因此我才推斷她是共犯……」

金田一耕助在說話時，柳夫人始終一副坐立不安的模樣，身體前後搖晃，這時，她就像再也按捺不住似的，歇斯底里地叫喊道：

「這些道理一點都不重要。如果八千代是共犯，那麼，誰又是主謀呢？難道是……」

「直記！」

鐵之進陡然站起身。

「你……你這傢伙……」

說時遲那時快，鐵之進已拳如雨下地朝直記頭上招呼。

「爹，你這是幹嘛！」

直記也忿忿不平地轉身面向鐵之進，但鐵之進又繼續朝他臉上揮了兩、三拳。直記眼皮破裂，鮮血飛濺。

「搞什麼啊！爹，你……」

直記不自主地朝鐵之進胸口推了一把。我得替直記說句話，我不認爲當時他懷有殺意。事實上，大家都看得很清楚，鐵之進的死因並不是直記那一擊所造成。

不過，因爲直記那一推，鐵之進踉踉蹌蹌地後退兩、三步，接著突然眼睛和鼻孔鮮血狂噴。

鐵之進宛如雙眼失明，張開雙手，搖搖晃晃，接著像倒落的枯木般，當場仰身倒臥。

仙石鐵之進就此嚥下最後一口氣。

當時在場眾人有多麼驚慌失措，不用說也知道。眞是亂成一團，金田一耕助的演說也因此一度被迫中斷。

當鐵之進猝死，全家亂成一團時，我回到自己房間，將它寫成書稿。之前一直沒機會說，其實從命案發生至今，我一直找時間寫稿。

我好歹也是個偵探小說家。雖然在毒舌的直記口中，我是個三流作家，但三流就三流吧。儘管我的想像力貧乏，但面對如此離奇的事件，縱使我只是個不入流的作家，還是會想加以記錄。

因此我很仔細地記下之前的所見所聞，但坦白說，此刻我拿著筆的手正顫抖個不停。

唉，兇手到底是誰？金田一耕助心中的兇手到底是誰？不用問也知道，我心裡已大致有譜。

然而，金田一耕助爲什麼不馬上逮捕那名兇手？

雖然鐵之進突遭不測，但他怎麼能放任那可怕的殺人魔自由行動？
啊，眞是太可怕了！剛才那傢伙瞪我的可怕眼神，我至今仍無法忘記，他的眼神中清楚帶有殺意。
現在我才想到，他之所以一直把我帶在身邊，難道是別有用心，想以我當他的替身？就像殺了那個叫阿靜的女人，以她來當八千代的替死鬼那樣……
經這麼一提才想到，他與我同年。身高、體形、胖瘦都極爲相似。要是讓我穿上他的衣服，把我的頭顱砍下的話……
啊，太可怕了，眞教人毛骨悚然。難道我也會被他殺害，砍下頭顱嗎？
噢，神啊！

在岩石上

我輸了，輸得一敗塗地。
此刻的我意志消沉，連提筆寫字都沒勁。就算我寫完這份手稿，又有何用？根本一點意義也沒有。我一開始的計畫，原本是打算寫到前一章的〈血液爲之凍結的預測〉就要停筆。

但金田一耕助卻拍著我的肩膀說：

「你那本小說很有意思，不可以半途而廢。請一定要寫出完結篇。不過，希望接下來寫的不是小說，而是眞實的紀錄。」

沒錯。誠如金田一耕助所言，一直到前一章的〈血液爲之凍結的預測〉爲止，這一長串的紀錄，就像金田一耕助所言，只能算是小說。不，從事件本身來看，這只是我拼湊成的小說。沒錯，世上的偵探小說家，都是以筆寫下自己腦中拼湊成的構想。而我這個三流偵探小說家，則是以鮮血和憎恨來寫故事。

如同我前面提到的，我這本看起來像是眞實紀錄的小說，理應在前一章就結束。也就是說，我事先親筆寫下的部分，理應到此中斷才對。但我這本以鮮血和憎恨寫成的小說，不該就這麼結束。它後面還有一章，而且是最重要的部分。

此時我正聽從金田一耕助的建議，寫下了這一部分。我親自提筆記錄下來，表示我已徹底輸了。

因爲鐵之進的猝死，調查暫時中斷。而金田一耕助的演說，也因此半途腰斬，沒能提出結論。我本以爲這是表達對死者的敬意，但沒想到這竟是金田一耕助一開始就計畫好的。打從一開始，他就不打算要做出結論。因此，此時遭遇仙石鐵之進猝死的突發事故，他很自然地加以利用。但我卻毫不知情！那天晚上，我忙著寫〈血液爲之凍結的預測〉，寫到半夜三更。編寫許久的這本小說，終於已寫到最後……不，應該說事件已進展到最後階段，所以我也鬆了口氣。我原本並沒打算在那天晚上以鮮血和憎恨來寫完最後的部分，不，應該說，我沒想到會遇上這樣的好機會，所以我寫完小說後，原本打算就此上床睡覺。事實上，我確實也一度鑽進被窩。

然而，這時好機會突然來訪，誘惑著我。如今回想，我當時真應該按照最初的計畫，再等上一段時間才對。我一直提醒自己，凡事不可操之過急。但我終究還是抵擋不了誘惑。因為它看起來像是個千載難逢的好機會⋯⋯

就在我寫小說的時候，直記回到隔壁房間。如果是平時的直記，就寢前一定會在我面前露臉，用毒舌損我幾句，但那天晚上他或許是一時受驚，沒跟我打聲招呼就回房去了，感覺得出他正在鋪床。

但鋪好床後，直記似乎仍不想睡，好像一直在想事情。不時傳來他在房內來回踱步的聲音。

不過，十二點鐘響時，他總算想睡了，就此鑽進被窩。我也在那個時間上床。我和直記不同，我心情沒他那麼煩悶，過沒多久我便開始感到昏昏沉沉。

接著，我在半夜兩點猛然醒來。沒錯，因為當時我看過手表，所以記得很清楚。時針剛好指向兩點。

為何我會在這個時候醒來⋯⋯那是因為直記的緣故。我因隔壁房間傳來的奇怪聲響和低語聲而驚醒。那陣低語是直記的聲音。聽不出他在說些什麼，但他似乎正一面喃喃自語，一面在房內來回踱步。

我的心臟開始噗通噗通直跳，全身緊繃，仔細觀察周遭的動靜。當時我觀察的對象，並非只有直記。其實我很清楚直記在幹什麼。我想知道的是，宅邸其他地方有什麼動靜。

看來，這是個大好機會。我往直記的房內窺望，他房裡像深海一樣悄靜無聲。我悄悄從床上起身。雖是極其自然的動作，但是當地板發出嘎吱聲時，我還是不禁爲之一驚。

但仔細一想，以直記現在的情況，不可能會聽見如此細微的聲音。不，就算是更大的聲響，恐怕也不會妨礙他喃喃自語和四處亂走。

直記仍舊口中念念有詞，在隔壁房內來回走動，我一聽到他這樣的舉止，便開始起床穿衣，爲期待已久的這一刻做準備。

直記還是繼續低聲喃喃，在房內來回踱步，就像走在沒有終點的環狀線道路上。我焦急地豎耳細聽他繞圈步行的情況。

最後，直記終於結束繞圈步行。我聽見他打開隔壁紙門的聲音。我內心無比雀躍，也許今晚是大好機會……

我也打開紙門，悄悄往走廊窺望。走廊上只亮著一盞昏暗的電燈。直記茫然地站在昏暗走廊的一端。

「喂，仙石，你怎麼了？」

我故意低聲向他叫喚。但直記仍然睜著他那空洞的雙眼，冷冷地站著。他圓睜的雙眸，凝望空中的某一點，動也不動。我悄悄靠向他身邊，在他面前揮動雙手。但直記仍是凝望前方，不爲所動，我確認過此事後，深感滿意。

直記此刻已完全進入夢遊狀態。

沒錯，直記也遺傳了他父親鐵之進的怪病——夢遊症。直記這個愛面子的公子哥，害怕我知道他這個祕密，總是極力掩飾，但我老早就知道他有這個毛病。不過，我在小說裡刻意不去提到這件事……

現在各位應該想起來了吧？蜂屋小市遭殺害的那天晚上，直記小心謹愼地將村正收進金庫裡。還想出一個如果沒有我幫忙，絕對打不開金庫的方法。這是爲什麼？

還有，那天晚上他不但叫我睡在他房裡，還以沙發擋在房門口，叫我睡在沙發上。這又是爲什麼？

換言之，因爲他知道自己有夢遊的習慣。直記也和鐵之進一樣，每當白天有激烈的場面或爭吵，令他情緒激動，晚上便會夢遊。而且蜂屋遭殺害那天，不是正好連續出現許多激烈的場面嗎？

首先，他看到自己父親鐵之進揮著村正追殺蜂屋的場面，情緒受到刺激。接著又在客廳看到八千代與守衛的親暱場面，內心益發激動。我知道直記很迷戀八千代。而且是迷戀入骨，到無法自拔的地步。要不是顧忌她可能是自己同父異母的妹妹，直記早就將八千代據爲己有了。即使是像直記這麼蠻橫的人，終究還是不敢跨越兄妹相姦的這條亂倫界線。

正因爲這樣，直記的焦躁，教人看了覺得很滑稽。直記與八千代有可能是同父異母的兄妹，但也可能不是。也許他大可染指八千代，但直記沒這個勇氣。他這種優柔寡斷的個性，令他的一切生活都欠缺沉穩。

然而，他卻下定決心不將八千代拱手讓人。他想摧毀任何想靠近八千代的男人。之前他以爲守衛和八千代之間不會有什麼問題，但偏偏讓他目睹這兩個人狀甚親暱的模樣。各位不妨回想當時直記眼中燃起的熊熊妒意和憎恨。當時恐怕直記已在心中幻想著一刀斬了守衛。

而對他激動的情緒火上澆油的，是那天晚上八千代和蜂屋兩人的行徑。八千代親切地送晚餐到蜂屋小市的房間，光這樣就已經讓直記夠反感的了，偏偏八千代又在蜂屋房內逗留良久，這更令他按捺不住。他就快被自己強烈的嫉妒給撕裂。最後他再也無法忍受，於是登上二樓，他應該是想去蜂屋的房間打探情況吧。結果沒這個必要。我們在樓梯上撞見八千代，她的模樣暗示著某種情景，讓人聯想到她先前在蜂屋房裡上演何種戲碼。那時候的直記心裡，肯定也同樣想著一刀斬了蜂屋。

當天晚上，直記心裡很害怕，擔心自己晚上會夢遊。而且當時村正就在他手上。

直記心中有一股想要斬殺蜂屋和守衛的念頭，但又害怕自己會付諸執行。他不知道這股意念何時會爆發。以夢遊的方式執行……

直記不信任自己，就像個有夜尿症的少年，儘管在睡前一再想著「我絕不尿床」，最後卻還是尿床了，漸漸對自己失去自信。

於是直記率先想到的，就是遠離村正。但不管他藏在哪裡，只要他知道藏匿處，也許在夢遊時便會前去取出。如果是這樣，一切努力都白費了，於是他想了個周詳的辦法，那就是光靠他一個人的力量，絕對無法取得村正的設計。

但直記還是感到不安。凶器並非只有村正。一旦下定決心殺人，凶器俯拾皆是。於是他想到，將自己關在某個房間裡，是最安全的方法。而他選中的看守人，就是我。那天晚上，他之所以讓我睡在房門口，爲的不是怕有人侵入，而是怕自己走出房外。這一切我都了然於胸。再把話題拉回來吧。

當直記夢遊時，我心想這是大好機會。我靜靜地後退一步，觀察直記的下個動作。

他還是持續低聲喃喃，但不久他微微側頭，踩著漫步在雲端般的步履往外走去。我與他保持距離，躡腳跟在後頭。我之所以躡腳不出聲，並不是怕吵醒直記。我很清楚，他睡得這麼沉，不會因爲一點小事就醒來。我之所以躡腳而行，是不想吵醒屋裡的其他人。

直記來到客廳前，打開其中一扇防雨窗。那正是前天八千代走出屋外的地方。直記也搖搖晃晃地從這裡躍出屋外。我一面隨後跟蹤，一面擔心剛才打開防雨窗的聲音會不會吵醒別人。所幸沒聽見其他動靜，屋內還是一樣寂靜無聲。我內心益發雀躍。

直記和前天晚上一樣，從位於杉樹林內的那扇木門走出，穿越竹林山丘，步上山路。一樣踩著漫步雲端般的步履，搖搖晃晃地沿山路而行。

我很清楚那化爲直記潛意識，令他夢遊的動機爲何。之前大家一直誤認是八千代的那具無頭女屍，其實不是八千代，而是阿靜。八千代其實是兇手或共犯，這可怕眞相的公開，令他深感震驚和擔憂，因而讓他今晚夢遊。以這樣來看，他要去的地方肯定是龍王瀑布。

今晚不同於前天，是個月明如水的夜晚。雖已是五月大，但在山村裡，入夜的氣溫還是驟降了許多。我身穿睡衣，寒氣凍骨，但心中有股熊熊烈火，這樣的寒意反而令我感到爽快。

不久，直記已抵達龍王瀑布的巨岩上。啊，多麼好的機會，多麼棒的舞臺啊。就連我原本的計畫中，也沒這麼適合的場所。我歡欣鼓舞，快步奔向直記身邊。

直記還是口中念念有詞，微微側頭望向瀑布。連我靠近他身邊都沒察覺。我看了之後，更想早點完成我的計畫，但我按捺不住心中的怒火。如果殺了夢遊的人，不就跟趁人睡覺時偷襲一樣嗎？若不在直記意識清楚的情況下，讓他吃驚、害怕、明白一切緣由後，再好好折磨他，取他性命，實在難消我心頭之恨。

我迅速以事先備好的麻繩（是我在途中從倉庫裡取來），將直紀捆綁在巨岩旁的松樹上。直記像個嬰兒般，任憑我擺布，所以這項工作做起來不費吹灰之力。我讓他坐在巨岩上後，雙手使勁地賞他耳光。

眞是痛快啊！

打從我自戰地歸來，這段漫長的歲月等的就是這一刻。只要想像著此刻的景象，便令我全身顫抖而興喜，長期以來忍受的屈辱都不算什麼了。我是愛倫坡小說裡的跳蛙。爲了親嘗這殘忍的復仇快感，過去我一直默默忍受直記的言語羞辱。現在回想，從小金井古神家發生命案至今，我所做的一切，不過是爲了這個瞬間所安排的前置罷了。

直記被我賞了幾個耳光後，從夢中醒來。他一臉納悶，搞不清楚現在自己身處何種情況下，待他逐漸恢復意識後，突然皺起眉頭，模樣就像是個哭哭啼啼的小孩。

「屋代……」

他以哽咽的聲音喚道：

「我……我……我發病了嗎？」

他環視四周。

「啊，我差點就掉進瀑布裡了。是你好心救了我，把我綁在這裡，對吧？」

這時，我朗聲大笑。接著繼續往他臉上招呼巴掌。

「屋代，你……你這是幹嘛？」

「喂，直記，你覺得我眞有那麼好心嗎？你把我當狗一樣使喚，還覺得我會那麼好心對待你嗎？我才不是你心想的那種人！」

說到這裡，我又狠狠賞了他幾個耳光，接著我滿懷憎恨地嘲他臉上吐了口濃痰。

「屋代，你這是在幹嘛？你、你瘋了嗎？」

「我早就瘋了。」

我嗤之以鼻地冷笑道：

「當我從戰地回來後，得知你用暴力征服可愛的阿靜，把她當玩物耍弄，最後導致她發瘋時，我就已經瘋了。」

我提到阿靜的名字時，口中發出咬牙切齒的磨牙聲。直記在聽我提到阿靜的名字時，同樣血色從臉上抽離。他這才發現今晚的我異於平時。

「屋代！」

「你不必多言，聽我說就行了。不管你用多惡毒的話罵我，我自認都能忍受。你也是這麼認爲，所以才會這麼放心地玩弄我。不過，我們兩個都錯了。凡事總有其限度，你我都沒發現這點。我是在得知你和阿靜的事之後，才明白這點，而你卻到現在才發現。」

「屋代，屋代……」

「住口，你好好聽就是了。在前赴戰場前，我是如何拜託你照顧阿靜的？我請求你在我回來之前，好好照顧她。還請你千萬別對她下手。然後我還說……我是個懦弱的男人，不像你這樣，可以厚臉皮地追求女人。本以爲我一輩子都不會結交女友。但沒想到在奇妙的機緣下，阿靜成了我的女人。正因爲這樣，她對我來說非常重要。這世上，我就她一個女人了。要是失去她，我將不會再有其他女人。我說了那番話之後，將阿靜託你照顧。當時你怎麼對我說？你說你對女人沒那麼飢渴，對別人的女人一點興趣都沒有。但我聽了還是很擔心，於是我警告你……我是個懦弱又沒骨氣的人。就算你把我當野狗般對待，我仍舊無法反抗。但你要小心，這種男人其實最危險，一旦惹惱這種男人，不知道他會做出什麼事來。當我這麼說時，你表面上冷笑以對，其實內心卻相當畏懼，不是嗎？但你最終還是染指了阿靜，以暴力侵犯了她，甚至將她當玩物般耍弄，直到阿靜再也承受不了心中的自責而發瘋。」

我恨得咬牙切齒。

「因爲……你破壞了我們的約定，我才會用這種方式向你復仇。」

「屋代，屋代！」

被綁在松樹上的直記，不住地扭動身軀，頻頻喘息。前額的汗珠在月光下閃閃發亮。

「這麼說來，這一切都是你幹的？殺害蜂屋和守衛的人也是……」

我以痙攣般的聲音大笑。

「直記，你總笑我是三流的偵探小說家。沒錯，你說得對，我確實是個三流小說家，但被人說出事實，是最教人難堪的事。每次你羞辱我是三流偵探小說家，我便感到胸中怒火沸騰。但我用筆所寫的偵探小說，確實是三流小說，所以我才會改以血肉代筆，寫下這本偵探小說。如何？直記，我這次寫的偵探小說，連你也覺得印象深刻了吧？」

5 CHAPTER 第五章

最後的悲劇

最後的悲劇

當時我陶醉在勝利的快感中，眞是愚昧，滿心以爲他已落入我手掌心，要殺要剮，全由我作主。所以我就像貓咪玩弄老鼠般，想再多享受一下這種快感，不自主地多話了起來。我得意洋洋地說個不停。完全沒發現後頭設有什麼陷阱……

「直記，我剛才說了，在我得知阿靜因成爲你的玩物而發瘋的那一刻，我便已經瘋了。沒錯。我從那一刻起，便發誓要向你復仇。不過，你應該不知道，我是從誰口中得知阿靜的事，其實是八千代告訴我的。我從她口中聽說此事。八千代老早就已經我的女人了。」

直記聽聞此言，像被雷劈中似的，全身劇烈顫抖。他至今仍深愛著八千代。他所愛的女人，偏偏委身於他視如貓狗的男人，這件事肯定在直記心頭蒙上很深的陰影。他以駭人的眼神注視著我。

我以痙攣般的聲音大笑。

「直記，對於女人，你總是講得一副無所不知的模樣，但其實你什麼都不懂。你向八千代提到我的事，還說屋代寅太這個書沒人買的三流偵探小說家，像是你的跟班一樣。直記，這就是你的敗因。像八千代這種女人，對這種事不可能聽過就算了，她的好奇心被激起了，她想了解小說家，尤其是偵探小說家，到底是什麼樣的人。於是她自己跑來找我，而這也就是此次事件的開端。」

直記汗水涔涔。像瀑布般順著他臉頰滑落的汗水，在月光照射下，宛如珠玉門簾般晶亮生輝。

「我常說，我是個懦弱的男人。我沒勇氣追求女人。所以不管八千代怎樣引誘我，我都只是用苦笑加以化解。事實上，要是眞的被她引誘成功，她一定馬上轉身就走，然後再也不會來找我。這就是那個女人的天性。而我始終沒能讓她得逞，我總是一臉冷漠地化解她的攻勢，這令八千代這匹烈馬益發感到焦急。她似乎下定決心，非得讓我對她動情不可，因而逐漸對我產生迷戀。就在這樣的過程中，沒想到她竟無意間洩露了阿靜的事。當然，八千代不可能知道阿靜是我的女人。她是在談到你的事情時，不小心道出阿靜的傳聞。當時我才得知阿靜悲慘的消息。之前你曾告訴我，阿靜是在一次空襲中失去下落，我頓時明白這一切全是謊言。我說過，我就是在那個時候開始發狂，而八千代也是在那時候知道，惹火我這種男人有多麼危險。就在那天，我以暴力侵犯了她。」

直記全身劇烈地震顫。憤怒似乎已戰勝了恐懼。他臉上泛起難以形容的厭惡之色。我又朝他臉上吐了口唾沫。

「喂，直記，八千代當時還是個處女呢。這令我有點意外。看你的爲人，我還以爲你已經和她上過床了。爲什麼你始終沒對她下手？害怕兄妹相姦，是嗎？不過，沒有確切的證據可以證明你和她是同父異母的兄妹啊。哈哈哈，八千代的夢遊症，是嗎？你看她有這個毛病，因而更加確定你們是兄妹，對吧？你爹傳給你的毛病，八千代也有。從這點來看，八千代肯定也是你爹的種。就是這個想法，讓你這個色魔急踩煞車，對吧？不過，這件事你根本不必擔心。八千代的夢遊症全是騙人的，那不過是她爲了防範你對她伸出魔爪，所演的戲罷了。是我替八千代出的主意，爲了讓你以爲你們是兄妹。」

直記再度全身顫抖。額頭隆起宛如蚯蚓般的青筋，幾乎因憤怒而迸裂。

我投以冷笑。

「哈哈哈，眞是可惜、遺憾啊。早知道的話，你就將她據爲己有了，對吧？哈哈哈。八千代雖然成了我的女人，但我對她卻沒有一絲愛意。我就只是爲了恨意才和她上床。你迷戀八千代的事，我老早就知道了。所以我才想將你迷戀的八千代當作玩物，替阿靜報仇。我和八千代上床時，總是很冷靜。不，也許不能說是冷靜。因爲我還是因憎恨和復仇而感到興奮……」

這時，直記臉上出現很奇怪的表情。既不像憤怒，也不像恐懼。也許是對八千代所展現的憐憫吧。但這令我看了更加火冒三丈。

「哈哈哈，你一定認爲八千代很可憐吧？沒錯，當她知道我們已是這樣的關係，但我內心卻沒半點熱情時，她變得更加焦急了。她不是迷上了我，這點你可以放心。只是像她這種自尊心強的女人，任憑男人擺布，但對方卻完全沒將她放在心上，令她備感屈辱。所以她用盡各種手段，醜態百出，極力想抓住我的心。當眞是白費力氣。我和八千代的關係始終如一。我們根本不相愛。相反的，打從一開始，我們便憎恨著彼此。而從這樣的憎恨中，我這本充滿血腥的三流偵探小說，構想就萌芽了。」

連我也說得口乾舌燥。於是撈起河水，潤了潤喉，伸舌舐唇。

然後又站在直記面前展開演說。

「其實這次的事件，最初提議的人並不是我。是八千代。你應該也知道，八千代對於古神家和仙石家之間的孽緣有多麼深惡痛絕。八千代恨她母親、恨你爹、恨你、恨守衛、恨那個傻瓜四方太。不僅如此，她也恨自己。八千代總是說她想殺光你們每一個人，這都快成爲她的口頭禪了。而她也常說自己想一死了之。這讓我想出了這本小說的故事主軸，於是半開玩笑對她說，既然妳這麼想殺人，大可把他們都殺光，不過，自己要是就這麼死了，那未免也太蠢了。把他們都殺光後，自己再若無其事地活下去，這樣不是比較好嗎？八千代雖然嘴巴上說想死，但其實她也不想送命，於是她問我，眞有可能辦到嗎？我告訴她，只要用對方法，倒也不是不可能的事，接著提出殺人後砍下對方人頭的點子。以對方當成自己的替身，自己則是化身爲另一個身分，若無其事地繼續過日子，這在偵探小說裡，算是很基本的詭計。但因爲八千代對偵探小說一竅不通，根本不懂什麼是基本的詭計。她便一口答應要配合。」

直記臉上再度浮現恐懼之色。這燃起我高談闊論的欲望。我滔滔不絕地說個沒完。

「我說服八千代，要她找出一名身材和年紀都和她相近的女人，殺了她，砍下她的人頭。然後讓屍體穿上八千代的衣服。這麼一來，就能讓人以爲八千代已死。這個想法令八千代高興極了。她雖然不想死，但是對自己身爲古神家的一員，她深惡痛絕。因此，能以別人的身分重新展開生活，她非常樂意。接著，我又給了她一項提議。直記，這是關於你的事。我提議要她殺了你，砍下你的人頭。然後以你的屍體當我的替身。這麼一來，我就成了死者，改以另外的身分重新展開生活，到時候我就會眞心去愛八千代。這個想法讓八千代相當開心。也許她心裡認爲，若不這麼做，便無法得到我的眞心。就這點來看，她也算相當純情。」

「八千代……她……她同意殺了我嗎？」

直記第一次開口。聲音無比沙啞。我冷笑道：

「她當然同意了，而且還高興得手舞足蹈呢。你心裡怎麼想，我不知道，不過八千代眼中根本沒有你的存在。殺了你，她根本不當一回事。」

直記發出沉聲低吼，我感覺到一股難以言喻的勝利快感。

「一開始只是半開玩笑，沒想到就這樣逐步認眞了起來。後來，我擔心殺了其他女人來僞裝成八千代被殺，會讓人覺得太突然，於是決定事先爲此安排個伏筆。我雖然是三流作家，但好歹也是個偵探小說家。身爲偵探小說家，我當然懂得如何設計伏筆。因此，我想到在八千代的事件之前，先安排另一件無頭屍命案。就是守衛與蜂屋的那起事件。斬斷人頭，營造出無法分辨屍體身分的情況。藉此來爲日後八千代的斷頭命案製造誤導作用。不過話說回來，我之所以會想出這種點子，也是因爲八千代央求我要先殺掉守衛。八千代討厭你，但她更討厭守衛。這樣你可以寬心點了吧。她說，一看到守衛的臉和模樣……不，光是聽到聲音，她就渾身起雞皮疙瘩，厭惡到極點。於是我便遵照她的請求，擬定殺害守衛的計畫，這時，我想到的人選，就是蜂屋。蜂屋那傢伙和你一樣。我已不知被他的毒舌損過幾回。當然了，我還不至於恨到想殺了他，不過，這種人死不足惜。我對蜂屋和守衛的體形做了一番調查，結果令我大吃一驚。因爲兩人的體格實在太像了。我不禁認爲這是老天的安排。我相信是老天爺在命令我執行這項計畫。這令我樂不可支。」

此時明月已漸漸往西山傾沉，但離天明還有一段時間。我陶醉在自己的口才中，欲罷不能。

「就這樣，我的計畫逐漸成熟，從寄給八千代的那封奇怪警告信開始，行動便展開了。那正是整起事件的開端，我就此踏出計畫的第一步。關於那封警告信，它有兩個含意。第一點，不用說也知道，是爲了在蜂屋的大腿上製造一個和守衛同樣的傷痕。八千代知道守衛的傷，所以蜂屋身上也必須要有同樣的印記才行。至於第二點，不爲別的，就只是向你展現我的本事。哈哈哈，我可不是殺了人就算了。我想用血肉來寫偵探小說，然後讓你來讀，這才是我眞正的用意。因爲是小說，所以愈是離奇刺激愈好。而古神家正是最適合的舞臺。直記，你覺得我的演出如何？」

直記低頭沉默不語。他恐怕連反抗的勇氣也沒了。我繼續接著說：

「就這樣，我們在蜂屋的大腿上留下和守衛一樣的印記。再來就是帶蜂屋到古神家來，這方面八千代表演得相當稱職。在八千代的手腕下，蜂屋來到古神家，這表示他的氣數已盡。另一方面，在八千代的懇求下，我也受邀來到古神家。這麼一來，一切都已安排妥當。不，再加上你爹發酒瘋的意外演出，讓這一切更加完美。於是我便馬上著手執行。」

這時我猛然話鋒一轉。

「喂，直記，金田一耕助這傢伙，其實不是個草包呢。光是能猜出殺害蜂屋的時間，就很不簡單了。沒錯，蜂屋被殺害的時間是在九點前，大約是八點左右。動手的人是八千代。她將蜂屋誘往別房，假裝要以身相許，然後給他頭部狠狠一擊。這沒什麼，其實殺人沒有想像那麼難。只要膽子夠大，做起來一點都不費事。接著，我從你房裡拿著村正前去斬下蜂屋的人頭。因爲我在戰場上砍了不少人頭，所以這種事對我來說，已算是家常便飯，輕而易舉。接下來是藏匿人頭……對了，蜂屋的人頭應該還在宅邸內的某處。想知道在哪裡，是吧……我還是先不要告訴你好了。找不出來，表示警方搜索的本領太差。話說，我藏好人頭，將村正放回你房間後，旋即若無其事地前往飯廳。這時，我想到的詭計，是讓八千代穿上那雙沾有蜂屋鮮血的拖鞋，半夜在外頭行走，還有讓人以爲蜂屋是在晚上十點左右吃晚餐，而不是六點，不過，這全被金田一那傢伙給看穿了，眞令人欽佩。不過，這也沒什麼好在乎的，因爲這樣反而加深你的嫌疑。哈哈哈！」

「那守衛呢……守衛是什麼時候被殺害的？」

直記聲若細蚊般低語。我感到得意洋洋。

「哦，殺害守衛的方法，是吧。關於殺害守衛的方法，我可是想出了一個妙計呢。你聽好了。守衛在八千代的誘騙下離家。他離家後，與八千代約在我的住處見面。你也知道的，我的住處是雜司谷古寺內的一間客房，出入都沒有管制，也不必擔心會被人發現。但他那個模樣，在路上還是會引人注意，所以我叫他背個背包。只要背上背包，就能遮掩他背後的肉瘤，也不會因爲駝背而引人注意。而且現在正好流行這種背包客，所以他這身打扮很稀鬆平常。就這樣，守衛順利地瞞過眾人眼睛，抵達我的住處，並鋪好棉被，滿心雀躍地期盼八千代的到來。守衛就是在等候時，服下毒藥而喪命。」

「毒藥……」

直記雙目圓睜。

「沒錯，這正是我的詭計。八千代答應守衛，那天晚上要在我的住處以身相許。不過你也知道的，守衛這傢伙對自己的那話兒缺乏自信，還嘗試過國內外的各種壯陽藥。自己迷戀的女人說要以身相許，要是自己表現出慌亂的模樣，一定會惹她反感。於是他服用事先準備好的壯陽藥，但那早就被我們掉包成毒藥了。守衛一定是作著和八千代翻雲覆雨的美夢，嚥下最後一口氣。」

直記再度發出沉聲低吟。我不予理會，繼續自顧自地說著。

「隔天，我先回住處，斬下守衛的人頭，把他的身體埋進附近的防空壕後，將人頭帶回小金井。」

「可是……是我老爸發現那顆人頭的啊……」

「哈哈哈，那才不是你爹發現的。他只是夢遊症發作，到之前一直很在意的湧泉洞孔查看。我尾隨在後，發現那是個藏匿的好場所，而且要是沒人發現守衛的人頭，那也很麻煩，所以我把原木藏匿在其他地方的人頭，改塞進那個洞內。然後安排成我和四方太一起發現。」

這時，驀然一陣沉默籠罩著我們兩人。某處傳來烏鴉的叫聲。直記突然以啜泣般的聲音說道：

「怎麼會有你這種人。你……你眞是個犯罪天才，惡魔的化身。」

我聽聞此言，心裡因愉悅而顫抖。

「謝謝你，直記，我這還是第一次受你誇獎呢。這麼看來，你也很欣賞我這本小說吧？」

「那麼……八千代她怎麼了？」

「哈哈哈，八千代，是嗎？就跟你所知道的一樣啊。她化爲一具無頭女屍，前天晚上在瀑布底下被人發現。」

直記的眼珠差點沒掉出來，雙肩劇烈顫動。

「惡魔，你果然是惡魔……」

「我一開始不就說了嗎？我只是將八千代當玩物。我始終都很憎恨她，對她不曾有過一絲愛意。直記，你聽好了。你帶阿靜離開東京時，我馬上便跟在你們後頭走。然後我假扮成蜂屋，從尼姑庵裡帶走阿靜，將她藏在某個地方。接著以蜂屋的模樣潛入八千代的房間，與許久不見的她溫存了一番，討她歡心，接著討論下一波行動。我們討論的結果，是要八千代假裝夢遊，前往龍王瀑布。然後以藏在瀑布那裡的蜂屋衣服，一人分飾兩角。而隨後趕到的我，殺了阿靜，砍下她的人頭，以她來當八千代的替身。這就是我想出的方法。但那只是表面，我心裡卻不是這麼想。我一抵達這裡，便和你們分開行動，直接前往八千代躲藏的洞穴。然後殺了她。」

「啊，太可怕了。你……你……」

「隨你怎麼說吧，反正你能說話的時間已經不多了。金田一耕助那名偵探，被我奇妙的推論所騙，以為那具無頭女屍就是阿靜。而根據同樣的推論，只要我現在殺了你，砍下你的人頭，他便會認定這是我的屍體。而你和八千代將成為整起事件的兇手，警方將全力搜尋你們的下落。而這段時間，我則是和可愛的阿靜一起找某個地方藏身。這才是我這本小說眞正的結局。而為了讓人發現這本小說的存在，內容會與實際情況略有出入，不，應該說是略微省略一些事實，寫下隱瞞我眞正情感的紀錄，然後放置於我在古神家居住的客房。用來砍下你腦袋用的道具，以及逃亡所需的衣服和行李，我已事先藏在山中。直記，我們也該來完成這部小說的結局了。」

直記雙手被反綁在後頭，我伸出雙手，搭在他脖子上。但這時，背後突然有人往我肩膀拍了一下。

我就像冷不防被銳利的長槍給刺中般，驚訝地轉身，但我馬上感到眼前一黑。在漆黑中，只覺得天地全攪和在一起，一陣天旋地轉，上百道的雷鳴在耳中爆發。

站在我身後的，是金田一耕助和磯川警部，竟然連發瘋的阿靜，也一臉茫然地站在一旁。

我輸了！

我猛然感覺腳下的岩石崩塌。我腳下踉蹌，頭暈目眩，胸口作嘔，接著意識遠去。

勝負

我已經不想寫了。敗軍之將，又有何好說的？

況且，我非說不可的那項計畫，也就是那充滿血腥、宛如惡魔設計圖般的計畫，我在前面兩章就已說完了。

但金田一耕助對我說：

「你說得對。之前你所寫的，大致可從中了解你的心情、你的計畫，還有這起事件中潛藏的謎，但爲了愼重起見，我認爲從你計畫的開端，簡單扼要地再說明一遍會比較好。反正也不會花太多時間。」

金田一耕助眞是個很強硬的人，雖然外表看起來無精打采，毫不起眼，可是一旦被他盯上，他一定會緊咬著不放。

成爲他手下敗將的我，就像是他的傀儡。只要是他開口吩咐，我只能唯命是從。所以我才會繼續寫下我這難堪的挫敗紀錄。

我在這紀錄的開頭曾提到，舊幕府時代，有四名爲了反抗古神家暴政，而帶領農民叛變的主謀，後來被捕處死，但爲了祭祀他們四人的亡靈，至今仍留有名爲「四天王」的神社。如果說那四天王的其中一人是我的祖先，整個故事可說是充滿古味。

然而，無可奈何，這是事實。

從我懂事起，這四天王爲了群眾犧牲的事蹟，以及他們悲慘的下場，就成了我睡前常聽的故事。我們家族對於自己擁有這樣的祖先，深深引以爲傲，而和這位祖先有關的故事，也早已超越事實的範疇，成了一種帶有神祕色彩的神話。

這位祖先的勇敢行徑，感覺已達超凡入聖的境界，同時，他淒涼的下場，更是被極力渲染誇飾，至不忍卒睹的地步。之所以誇大他臨終前的悲慘情況，爲的就是煽動對仇人的敵意。而這位祖先的仇敵，不消多說，自然是古神家與仙石家的歷代當家。

我出生時，古神家和仙石家都已不再是昔日的古神家或仙石家。對昔日領地內的百姓來說，他們已不具任何權威，單純只是名門望族。但已神格化的那四天王昔日的英雄事蹟，以及對古神家和仙石家的遺恨和敵意，從我年幼時便像代代口耳相傳的家訓般，鮮明地深植腦中。

當時，年幼的我十分敏感，每次聽到那駭人聽聞的磔刑場面，總會嚇得全身發抖，放聲大哭。我那愚昧的祖母和父親，卻仍不斷朝我耳中灌輸他們對古神家和仙石家的詛咒和憎恨。

如今回想，祖母和父親對我說的故事，肯定只是一種茶餘飯後的逸聞。因爲當時我們一家人已離鄉背井前往東京謀生，而古神家和仙石家也老早便已搬離故鄉，我甚至懷疑祖母和父親連他們兩家住在東京何處都不知道。

然而，對我幼小心靈灌輸的詛咒，猶如毒素般深植體內。它無法用理性去駕馭，就像本能般，支配著我部分的情感。

雖然如此，若有人認爲我是因爲這個緣故，而刻意犯下那些可怕的罪行，那可眞是冤枉了，這種想法未免也太過滑稽。我可不是狂人，並不會爲了那種受人傳頌的老祖先神話而計畫復仇。

不過，當我第一次在大學裡邂逅仙石直記時，就像有人撫摸我全身的毛細孔般，有一股奇特的震撼，令我對他產生一種不可思議的厭惡感，這也是事實。這到底該怎麼解釋才好呢。從小被灌輸的毒素，長大後仍帶有影響力……特別是在祖母和父親過世後，它的效果已逐漸淡化，到了我上大學時，理應完全擺脫那些束縛才對。然而，不知爲何，在我聽聞仙石直記的家世背景時，那古老的記憶就像復甦般，令我感到熱血沸騰。但偏偏我又非得接受直記的經濟援助。

直記爲什麼要理我？爲什麼這麼多管閒事，自願當我的贊助者？他也知道那四天王的傳說。以前他曾對我說過：

「這麼一來，你和我不就是敵人了嗎？」

他說完後，還發出毒辣的笑聲。

既然他知道這件事，為什麼還來搭理我？總不會是想替祖先贖罪吧，不，他沒這種美德。可能對他這種愛當壞蛋的人來說，因為我和他有這層關係，若是將我當作玩物，操弄於股掌間，可以讓他得到虐待的快感吧。

如今回想，直記和我還眞是前世就註定好的孽緣。

不過，光是這樣，還不至於觸動我的殺機，構思出那種可怕的殺人計畫。

如前所述，我是在得知阿靜的事情後，才決心取直記性命。

對我來說，阿靜就像我捧在掌心中的寶貝。是世上沒任何東西可以取代的寶藏。當我得知阿靜被直記玩弄而發瘋時，我心中是何等憤怒啊。就在那一刻，我為之發狂，決定非得收拾直記不可。

不過，若只是殺了直記，這樣還難消我心頭之恨。我非得讓他嘗到比死亡還要可怕的滋味才行。要將令人嚇得頭髮發白、面無血色、膽破魂散的恐懼，深植他心中。

在此同時，我可不希望自己因為殺害直記而遭受法律的制裁。我要讓直記遭受虐待、驚嚇、體驗幾欲發狂的恐怖經驗後，再殺了他，而且我還得全身而退，擺脫一切罪責。

於是我想盡各種方法。這個行不通，那個不管用，推敲過各種殺人計畫。

不用直記說我也知道，自己只算是個三流作家。一個一無是處的三流作家。不過，就算我寫書不行，但說到看書，這可是我的嗜好。偵探小說就不必說了，這世上的所有犯罪實錄，我幾乎已讀遍。我從過去看過的書本中展開思考，看有沒有我能加以利用的殺人手法。最終想到的，就是這次我成功執行的方法（不，應該說原本以爲會成功的方法才對），也就是殺死直記，砍下他的人頭，然後以他來假冒我的屍體。換言之，在殺死直記的同時，我已成爲一名死者，擺脫一切罪責。並反過來讓直記替我頂罪。

我爲何會選用如此駭人的殺人手法？因爲我想讓這起事件充滿活生生、血淋淋，而又悲慘的色彩，藉此讓直記感到驚恐，同時平息我體內沸騰的熱血。再者，古神家的傳說，再加上古神、仙石兩家的各種恩怨情仇，營造出一個適合我行凶的世界，而且從戰地返回的我，早已變得麻木不仁，殺人砍頭對我來說，猶如斬瓜切菜。

於是我決定殺害直記，斬下他的人頭……

不過，若沒做任何準備就貿然行事，恐怕無法達成我的目的。因爲這樣無法令直記感受到恐懼，而且與屍體掉換身分的手法，能否順利欺騙警方，還是個未知數。

因此，我勢必得先做好殺人的準備工作才行。而我挑中的犧牲者（或者該說是道具），就是蜂屋小市及守衛。

透過我和直記在瀑布巨岩上的對話（或許應該說是我在直記面前的獨白才對），各位應該都已知悉，早在直記第一次帶我走進那棟綠色館邸的大門前，我便已熟知古神家的內情，並且從八千代口中得知守衛的駝背特徵。當我發現戰後的暢銷駝背畫家蜂屋小市與守衛外形相似時，我彷如得到上天的啓示，心裡又驚又喜。

蜂屋小市和直記一樣，是個面目可憎的人。因爲他的毒舌，多次讓我在眾人面前蒙羞。但這並不是想殺蜂屋的直接動機。就算蜂屋不是那麼面目可憎的人，我應該還是會挑他當犧牲者。因爲他是個長得像守衛的駝子，這是他的不幸。

當我決定將蜂屋當作道具時，便刻意安排讓守衛改變成和蜂屋一樣的服裝風格。這件事易如反掌。因爲守衛這個人，對八千代百依百順。就這樣，守衛和蜂屋的造形也一致了，看起來就像一個做作的三流藝術家。而就在我的第一步準備工作完成的同時，那些要給八千代的警告信，分別從九州、京都、東京寄來。當然，這也是我和八千代討論後的安排，委託某人替我們送信。此人當然作夢也沒想到會是如此古怪的信件。附帶一提，警告信中那張照片裡的無頭男子，其實不是蜂屋，而是守衛，那是八千代在守衛同意之下，替他拍的照片。當初在拍照時，守衛自然是沒料到會被利用在如此可怕的事件中。

我的準備工作按部就班地進行著。緊接著，可說是這個故事第一幕的「花」酒店事件上演——

當天晚上，八千代與蜂屋在「花」酒店的確是不期而遇。不過，那時有名男子在確認八千代已走進「花」酒店後，向在另一處喝酒的蜂屋一行人大力推薦「花」酒店，這件事則連警方也沒想到，不，不能算是警方的疏忽，因爲就連蜂屋和他的朋友也已經忘了此事。

而暗示蜂屋前往「花」酒店的人，就是我。

就這樣，那天晚上順利地在蜂屋的大腿上留下和守衛一樣的彈痕。

到此一切都已準備妥當。再來就是將蜂屋誘往綠色館邸，讓他成爲守衛的替身。我本以爲一切會進行得很順利。如果不是發生村正和金庫那件事的話……

對此，金田一耕助說道：

「你是想問我爲什麼會盯上你嗎？對你來說，最大的致命傷，就是直記先生將村正收進金庫這件事。這麼一來，你之前瞞騙行兇時間的一切努力，全都白費了。也就是說，兇手明明在八點左右殺人，卻想讓人以爲他是在十二點以後才行兇。爲了這個目的，你利用八千代演了不少齣戲。不過，十二點以後，兇器好端端地收放在金庫裡，不管是誰都無法靠近它。這麼一來，兇手的計畫完全泡湯，同時直記先生也在無意識下證明了自己的清白。因爲如果他是兇手，應該不會做出將兇器放進金庫這種矛盾的行爲才對。」

沒錯。直記將村正收進金庫內，是導致我失敗的第一步。如今回想，我完全敗在直記手上。噢，眞不甘心。

不過，當時警視廳的人似乎不太重視這條線索，所以我也不當一回事。因爲我作夢也沒想到會半途殺出金田一耕助這個程咬金，抽絲剝繭，找出我的破綻。

金田一耕助繼續說明：

「你另一個致命傷，就是在小金井宅邸的別房裡，留下那串英文字母寫成的名字。你爲何沒把它全部刮除？爲何要玩那種花招？你之前說，你看英文字母寫的是Yachiyo（八千代），推測是蜂屋在等候八千代時所寫，但我發現那痕跡相當老舊。於是我用放大鏡仔細調查後發現，上面寫的不是Yachiyo，而是Yashiro（屋代）。換言之，有人把s改寫成c，把r改寫成y。當我發現這點時，便已看出你大致的計畫。」

沒錯。誠如金田一耕助所說，當我發現牆上的英文字時（那是我殺死蜂屋後的事），我應該將它刮除才對。但因爲Yashiro和Yachiyo這巧合的相似吸引了我，我才會想到玩這種花招。當初如果將它全部刮除的話，恐怕就不會留下任何線索了。

金田一耕助接著說：

「當我知道這英文字寫的是『屋代』時，我便明白，某個和你有關的人曾住在這裡。於是我調查你的過去，得知有位叫阿靜的女性。這麼一來，一切都眞相大白了。你表面上佯裝和他們無關，其實卻和整起事件有著密不可分的關聯……」

金田一耕助接著露出嚴肅的表情，在我所寫的文字紀錄上頭，用手指彈了幾下，停在〈在岩石上〉這一小節的前面，同時對我說：

「你這份紀錄，原本打算寫到這裡就停筆，對吧？然後殺死直記先生，砍下他的人頭，就此消聲匿跡。讓警方根據你文字紀錄中的暗示，誤以爲直記的斷頭屍體就是你，這就是你原本的計畫是吧？這次的事件，你的目的只有一個，那就是殺害直記先生，以他的屍體來頂替你的身分。」

我點了點頭，不發一語。沒錯，爲了這個目的，我殺了蜂屋、守衛、八千代。最後要是能順利殺了直記，我打算帶著發瘋的阿靜，找個地方藏身。

然而……然而……我所有的準備工作都成功了，卻偏偏在殺害直記這個眞正的目的上栽了個跟斗。

而阿靜她……

不，阿靜的事我不需要擔心。金田一耕助說，他會替我安排好一切。我相信他。雖然他打敗了我，是個可恨的人，但不知爲何，我對他懷有一絲好感。

我累了，不想再寫下去了。就此擱筆吧。

不，最後還得再補充一件事。

不久前，金田一耕助特地來告訴我仙石直記後來的情況。

直記似乎因爲這次的事件大受打擊，引發了原本潛伏在體內的疾病，如今他罹患早發性癡呆症，現在宛如行屍走肉。

想像直記那嘴角垂涎，不斷喃喃自語的模樣，已略微消去我心頭的恨意。

現在回頭來看，我和直記這場惡鬥，到底是誰輸誰贏？

依照現今擁護人權的觀點，書中原有部分不恰當的語句和表達，在考量到作品發表時的時代背景和文學性，並取得著作權繼承人的同意下，由日本角川編輯部（原出版社）負責對部分內容做了修改。（一九九六年九月）

原著書名／夜歩く・原出版社／角川書店・作者／橫溝正史・翻譯／高詹燦・責任編輯／張麗嫺・編輯總監／劉麗眞・總經理／陳逸瑛・榮譽社長／詹宏志・發行人／凃玉雲・行銷業務部／徐慧芬、陳紫晴・出版／獨步文化 城邦文化事業股份有限公司 104台北市中山區民生東路二段 141 號 5 樓 電話／(02) 2500-7696 傳眞／(02) 2500-1967・發行／英屬蓋曼群島商家庭傳媒股份有限公司城邦分公司 台北市中山區民生東路二段 141 號 2 樓・讀者服務專線／(02)2500-7718; 2500-7719・服務時間／週一至週五：09：30-12：00、13：30-17：00・24小時傳眞服務／(02)2500-1990; 2500-1991・讀者服務信箱 E-mail／service@readingclub.com.tw・劃撥帳號／19863813 書虫股份有限公司・香港發行所／城邦（香港）出版集團有限公司 香港灣仔駱克道 193 號東超商業中心 1 樓 電話／(852) 25086231 傳眞／(852) 25789337 E-mail／hkcite@biznetvigator.com・馬新發行所／城邦（馬新）出版集團 Cite (M) Sdn. Bhd. (458372 U) 11, Jalan 30D/146, Desa Tasik, Sungai Besi, 57000 Kuala Lumpur, Malaysia 電話／(603) 9056 3833 傳眞／(603) 9056 2833 E-mail／citecite@streamyx.com・美術設計／許紘維・印刷／中原造像股份有限公司・排版／陳瑜安・2012 年3月初版、2020 年7月30日二版、2024 年2月20日二版二刷・定價／320 元 ISBN 978-957-9447-78-2 Printed in Taiwan

夜行

日本推理—大師—經典

YORU ARUKU

ISBN 978-957-9447-78-2

國家圖書館出版品預行編目資料

夜行／橫溝正史著；高詹燦譯. 二版. -- 臺北市：獨步文化：家庭傳媒城邦分公司發行, 民109.08
面； 公分.（日本推理大師經典；32）
譯自：夜歩く
ISBN 978-957-9447-78-2（平裝）
861.57 109008987

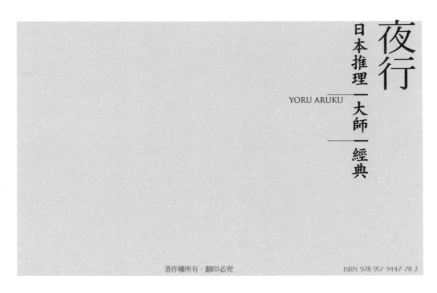